FRACASSÉ

du même auteur
chez Christian Bourgois éditeur

QUE S'EST-IL PASSÉ ?
D'AMOUR ET DE HAINE
L'AIR DE RIEN
LE DERNIER MOT
LE DÉCLIN DE L'OCCIDENT
QUELQUE CHOSE À TE DIRE
LE MOT ET LA BOMBE
CONTRE SON CŒUR
LE CORPS
SOUVENIRS ET DIVAGATIONS
LE DON DE GABRIEL
LA LUNE EN PLEIN JOUR
INTIMITÉ
DES BLEUS À L'AMOUR
BLACK ALBUM
MY BEAUTIFUL LAUNDRETTE/SAMMY ET ROSIE
S'ENVOIENT EN L'AIR
LE BOUDDHA DE BANLIEUE

HANIF KUREISHI

FRACASSÉ

Traduit de l'anglais
Par Florence CABARET

CHRISTIAN BOURGOIS ÉDITEUR

Titre original :
Shattered

ISBN 978-2-267-05332-6

Pour Isabella

Ce livre est né d'une série de dépêches dictées depuis mon lit d'hôpital en Italie et à Londres quelque temps plus tard, après l'accident qui m'est arrivé en 2022, le lendemain de Noël. Ma compagne Isabella et mes fils prenaient en note ce que la situation m'inspirait au jour le jour. Ces textes ont ensuite été repris, étoffés, corrigés suivant le même *modus operandi* puisque je les ai travaillés avec mon fils Carlo, chez moi, dans l'ouest de Londres, où je me trouve actuellement.

LA CHUTE

Le lendemain de Noël, à Rome, alors que j'étais rentré d'une agréable promenade jusqu'à la Piazza del Popolo qui m'avait ensuite amené à travers la villa Borghese jusqu'à chez moi, j'ai fait une chute.

Assis dans le salon d'Isabella, mon iPad posé devant moi sur la table, je venais de voir Mo Salah marquer contre Aston Villa. Alors que je sirotais une bière, j'ai commencé à ne pas me sentir bien. Je me suis penché en avant jusqu'à me retrouver la tête entre les jambes ; quelques minutes plus tard, je me réveillai dans une mare de sang, le cou tordu dans une position grotesque, Isabella à genoux à côté de moi.

Je remarquai alors un objet qui ressemblait à une écope arrondie prolongée par des serres, qui avançait vers moi. Mobilisant ce qui me restait de raison, je reconnus l'une de mes mains, devenue une chose insolite sur laquelle je n'avais aucun contrôle.

Je me rendis compte qu'il n'y avait plus aucun lien de coordination entre mon esprit et le reste de mon corps. J'étais séparé de moi-même. Je crus que j'étais en train de mourir, qu'il ne me restait que quelques souffles à vivre. Il me sembla que c'était une façon bien triste et pitoyable de m'en aller.

On dit qu'au moment de mourir, on voit sa vie défiler ; toutefois, dans mon cas, ce n'était pas au passé que je songeai mais plutôt à l'avenir – à tout ce qui allait m'être retiré, à tout ce que j'avais envie de vivre.

HÔPITAL GEMELLI, ROME

Isabella et moi vivons à Londres mais nous passions alors Noël dans son appartement à Rome ; c'est là que je me suis effondré, tandis que j'étais assis à cette grande table ronde, couverte de livres et de papiers, où nous travaillions tous les deux le matin.

Depuis la salle de bain, elle a entendu un hurlement paniqué et s'est précipitée avant d'appeler une ambulance. C'est elle qui m'a sauvé la vie, qui m'a calmé, penchée au-dessus de moi. Je lui ai dit que je voulais faire un FaceTime avec mes trois fils pour leur dire au revoir mais elle m'a répondu que ce n'était pas une bonne idée, que ça allait les effrayer et les choquer.

Pendant plusieurs jours, je restai profondément traumatisé, affecté, méconnaissable à mes propres yeux.

Maintenant, je suis à l'hôpital Gemelli de Rome. Je ne peux bouger ni les bras ni les jambes. Je ne peux pas me gratter le nez, passer un coup de fil, me nourrir. Comme vous l'imaginez aisément, c'est à la fois humiliant et dégradant d'être un tel fardeau pour tout le monde. D'après le compte rendu médical, ma chute a provoqué une hyperflexion de la nuque, engendrant ainsi une tétraplégie. Une IRM a révélé une grave sténose du canal rachidien ainsi que des lésions médullaires entre les vertèbres C3 et C5. Pour le dire en langage courant, je me suis fait une sorte d'entorse des vertèbres du haut de la colonne. J'ai été opéré au cou, pour les contusions subies à la moelle épinière, et j'ai manifesté depuis des améliorations ténues de mes capacités motrices.

Je perçois des sensations et des mouvements dans chacun de mes membres : je n'ai pas eu ce qu'ils appellent « une rupture totale ». Je vais commencer les séances de kinésithérapie et de rééducation dès que possible.

Actuellement, personne ne sait vraiment si je pourrai remarcher ou si je serai en mesure de tenir un stylo un jour. Je dicte ces mots à Isabella, qui les tape lentement sur son iPad. Je veux absolument continuer à écrire : cela ne m'a jamais semblé aussi crucial qu'aujourd'hui.

06/01/2023

Je n'étais pas un enfant heureux mais je n'étais pas non plus un enfant malheureux. Une fois que j'ai su lire, j'ai été libre. Je pouvais aller à la bibliothèque tous les jours, accompagné de ma mère la plupart du temps, et j'ai compris que les livres étaient une porte de sortie de mon quotidien.

Peu de temps après, j'ai appris à monter à vélo. Seul, je partais explorer les rues et les champs de cette semi-banlieue poussée en pleine campagne où j'ai grandi. Cette région s'appelait le Kent, elle avait subi les pires bombardements quelques années avant ma naissance.

À cette époque, les parents ne nous fliquaient pas autant qu'aujourd'hui. Ils nous donnaient un peu d'argent le matin et s'attendaient à ce que l'on ne réapparaisse pas avant le soir. Je pédalais toute la journée, m'arrêtais où je voulais, parlais à toute personne qui avait une histoire à me raconter. Je n'ai pas changé.

La troisième chose qui m'a permis de m'émanciper a été la découverte du manuel de dactylographie de mon père. Il avait été journaliste et lui aussi écrivait de la fiction. Je le trouvais particulièrement impressionnant et sexy quand il tapait vigoureusement sur les touches, les manches retroussées.

Un jour, il a ramené dans une valise bleue une petite machine à écrire portative dont il était incroyablement fier. Il la balançait à bout de bras (elle était très légère) et il nous annonça tout à trac qu'il allait partir au Vietnam pour devenir correspondant de guerre, comme Hemingway ou Norman Mailer.

Je me mis à utiliser la cravate de mon uniforme scolaire pour me bander les yeux et je m'aperçus que je pouvais taper des phrases impeccables sans avoir à regarder le clavier.

C'était grisant. J'avais terminé *Crime et châtiment*, toujours une lecture joyeuse et incontournable pour un jeune homme, et, afin de m'entraîner, je commençai à recopier des pages entières de ce grand roman.

À l'école, j'étais une vraie catastrophe mais, finalement, voilà que je trouvais un domaine où je réussissais. Je n'avais jamais eu envie d'écrire des histoires de sous-marins, d'aventures ni des histoires extraordinaires peuplées de géants, de nains, d'elfes ou de sirènes.

Je n'y connaissais pas grand-chose mais je connaissais les gens autour de moi. Et j'imagine que c'est ainsi que je suis devenu une sorte de réaliste. Un jour, alors que je regardai par la fenêtre de la classe, je décrétai que j'étais écrivain.

J'ai trouvé que l'appellation m'allait comme une belle chemise. J'avais envie qu'on l'utilise pour parler de moi même si je n'avais encore rien écrit.

Après tout, à l'école, on avait déjà employé tant d'autres mots pour me désigner, du genre « michoco » ou « Pak-Pak » ou « face de merde » ; j'ai donc décidé de m'en trouver un à moi, je m'y suis tenu et je ne l'ai jamais lâché. C'est toujours mon mot.

Excusez-moi un instant, on doit me faire un lavement.

La dernière fois qu'on m'a inséré un doigt dans le cul pour des raisons médicales remonte à quelques années. Pendant que l'infirmière me retournait sur le ventre, elle me demanda : « Combien de temps avez-vous mis pour écrire *Les Enfants de minuit* ? » Je lui répondis : « Si c'était moi qui avais écrit ce roman, vous ne pensez pas que je serais allé dans le privé ? »

07/01/2023

Avant mon accident, quand je me réveillais le matin, la première chose que je faisais, c'était de me préparer un café ; puis, je montais dans mon bureau qui donne sur la rue. Sur ma table de travail, il y a un alignement de divers pots et de vieux mugs à café où j'entrepose des dizaines de stylos-plumes, de crayons à papier, de feutres ; j'ai aussi de nombreuses bouteilles d'encre de toutes les couleurs, des plus extravagantes aux plus sobres.

Je choisissais alors un stylo avec lequel je traçais une ligne sur une page de papier bien épais, puis je faisais une deuxième ligne, j'écrivais un mot, puis une phrase, puis une autre phrase jusqu'à ce que je sente que quelque chose se réveillait en moi. L'écriture parcourait la page en zigzaguant avec toutes sortes de couleurs, comme s'il y avait eu un accident dans une salle de classe.

Au fur et à mesure, j'entendais des personnages se mettre à parler : quand j'avais de la chance, ils pouvaient discuter entre eux ou se distraire l'un l'autre. Je me sentais tout excité, ma vie trouvait enfin du sens.

Je suis certain que les peintres, les architectes et les jardiniers aiment leurs outils et qu'ils les perçoivent comme une extension de leur corps. J'espère qu'un jour, je pourrai de nouveau retrouver l'usage de mes chers et précieux instruments.

Excusez-moi, on est en train de me faire une injection abdominale d'héparine, un produit anticoagulant.

Je trouve qu'écrire à la main, quand je fais glisser mon poignet sur la page – que je sens le contact du papier sur ma peau –, évoque davantage la pratique de quelqu'un qui dessine plutôt que de quelqu'un qui tape sur un clavier. Je n'aurais aucune envie d'écrire directement sur une machine, ça me paraît trop formel.

Au bout d'un moment, un mot en amène un autre, puis encore un autre, et d'autres mots et d'autres phrases s'ensuivent. Je suis installé à mon bureau, dans mon pyjama Paul Smith tire-bouchonné et, une heure plus tard, quelque chose de potentiellement utilisable aura peut-être pris forme.

Quand je relis ma page, un détail attire généralement mon attention, que je peux alors étoffer. Je pense qu'aujourd'hui, cette méthode est connue sous le nom d'écriture libre ou association libre. On démarre de nulle part et, au bout d'un certain temps, on se retrouve dans un lieu nouveau.

Je reste avec cette impression que mes mains sont des objets étrangers. Elles sont gonflées, je ne parviens ni à les ouvrir ni à les fermer et, quand elles se trouvent sous les draps, je ne saurais dire où elles sont précisément. Elles pourraient très bien être dans un autre bâtiment, en train de prendre un verre avec des amis.

J'ai quitté le service des soins intensifs pour une petite chambre lugubre à un lit. Il y a une image de la Vierge Marie sur le mur face à moi et, par la fenêtre, on voit – enfin, d'où je suis, je ne peux rien voir – un parking, une autoroute et des pins romains qui ressemblent à des parasols. Je dis à Isabella que la décoration n'a pas dû être refaite depuis qu'Hemingway a quitté les lieux.

J'étais déprimé hier. Alors que je m'efforçais de dicter ces phrases à Isabella, je me suis senti perdre patience face à la lenteur de la chose. Elle est italienne et l'anglais n'est pas sa langue maternelle, si bien qu'elle ne comprend pas toujours ce que je dis.

Carlo Kureishi, le deuxième de mes jumeaux, a pris l'avion pour venir me voir : il peut donc m'aider avec cette histoire de dictée. Il a une bonne vingtaine d'années et, comme moi étant jeune, il fait des études de philosophie. Il aime le cinéma, le sport et commence à faire son trou en tant que scénariste. Ce que j'apprécie chez lui, c'est qu'il tape très vite. Normalement, bien sûr, j'écris toujours tout moi-même. Je peux même épeler.

Isabella et moi avons eu nos premières disputes. Elle passe toutes ses journées à l'hôpital avec moi, elle a l'air fatiguée, émaciée, ce qui serait le cas aussi dans n'importe quelle autre situation de stress. Quand elle s'est tournée vers moi pour me demander : « Est-ce que tu aurais fait la même chose pour moi ? », je n'ai pas su quoi lui répondre. Parce que je n'en sais rien.

Notre relation a pris une nouvelle tournure, que nous n'aurions pas pu prévoir ; il faudra que nous trouvions une nouvelle manière de nous aimer. Pour l'instant, je n'ai aucune idée de comment nous allons nous y prendre.

Il y a quelques mois, Apple Music m'a contacté pour le compte des Beatles afin de me demander de rédiger l'introduction de l'ouvrage *Get Back* dont la sortie devait coïncider avec la série documentaire que Peter Jackson réalisait à leur sujet pour Disney. Je suis resté plusieurs mois sans rien écrire. Que pouvait-on encore faire de neuf à propos des Beatles ?

Finalement, je me suis dit que ces quatre garçons, et tous les gens avec qui ils ont travaillé, avaient conduit ensemble des projets qu'ils n'auraient jamais menés à bien les uns sans les autres. C'est à la fois une forme de miracle et de dépendance éprouvante. De ce que j'en sais, tous les artistes sont des collaborateurs.

Si vous ne collaborez pas avec une personne précise, alors vous collaborez avec l'histoire du médium que vous utilisez et vous collaborez aussi avec l'époque, le contexte politique, le contexte culturel dans lesquels vous évoluez. Les individus, ça n'existe pas.

Dans cet hôpital un peu triste de la banlieue de Rome, j'écris ces phrases pour essayer d'entrer en contact avec quelqu'un et, en même temps, je m'efforce aussi de me reconnecter à Isabella, de faire naître une nouvelle relation à partir de celle que nous avions. Il semblerait que j'aie du pain sur la planche.

Je souhaiterais que ce qui m'est arrivé ne se soit jamais produit mais il n'existe aucune famille sur cette planète qui puisse jamais échapper à la catastrophe ou au désastre. Malgré tout, il doit bien y avoir moyen de faire émerger d'autres formes de créativité à partir de ces cassures imprévisibles.

Si tu étais ici avec moi ce soir, cher lecteur, on pourrait se verser une bonne rasade de vodka dans un jus de fruit, on trinquerait et on se prendrait dans les bras, en espérant un peu.

08/01/2023

Aujourd'hui, je me suis assis.

Aujourd'hui, je me suis assis après avoir passé huit jours sur le dos.

Quatre kinésithérapeutes sont venus dans ma chambre. Ils ont commencé à me bouger, parfaitement convaincus qu'ils allaient réussir à m'asseoir. Ils m'ont fait pivoter et, l'espace de quelques instants, je me suis retrouvé assis sur mon lit, mes pieds touchaient terre, je regardais droit devant moi. Je dois bien l'avouer, je me suis senti fier, stupéfait et pris de vertiges incroyables.

La première fois que j'ai travaillé dans un théâtre à Londres, j'étais régisseur sur une magnifique création de *La Métamorphose* de Kafka. Chaque soir, le spectacle de cet acteur qui cherchait à se dépêtrer de ses nouveaux membres noirs et fourchus ressemblait à une étrange danse macabre. Je n'imaginais pas vraiment que, des années plus tard, assis tout raide au bord d'un lit, j'affronterais ma propre métamorphose.

Je me sens ratatiné et cabossé. Je dégringole. Avant, je choisissais mes chemises avec soin, je prenais des couleurs dont je pensais qu'elles m'avantageaient. J'allais et venais avec aisance quand je me déplaçais en ville. Désormais, je ne peux même plus mettre un bouton seul.

Le terme « vocation » vient du latin *vocatio*, qui désigne « un appel, une assignation ». Ici, à l'hôpital, où je passe mes jours et mes nuits avec le personnel soignant, le mot résonne tout autrement pour moi. Comme beaucoup d'artistes, je ne considère pas que mon travail soit un passe-temps ni un boulot, je le vois davantage comme une façon d'intégrer le monde des autres.

Parfois, vers trois ou quatre heures du matin, ce moment où j'ai le plus de mal à dormir, un jeune homme charmant vient me tenir compagnie. Il porte des lunettes et un masque et je doute que je puisse le reconnaître si je le croisais dans la rue. Apparemment, en plus d'être médecin, c'est aussi un excellent pianiste.

Il me demande s'il ne ferait pas mieux de devenir pianiste professionnel ou s'il devrait rester dans le domaine médical. C'est une question à laquelle je suis incapable de répondre mais, puisque je ne dispose de rien d'autre que de temps libre, je peux l'aider à y réfléchir.

Les interprètes du répertoire classique sont nombreux déjà mais, d'après moi, quand on est artiste, on se doit chaque jour d'essayer de créer du nouveau, des choses qui n'ont été faites par personne encore.

Je lui ai expliqué que, le matin quand il s'entraîne, il devrait tenter de trouver un son inédit, qui viendrait profondément de lui.

Ça peut être effrayant mais la peur est le moteur de l'art. On peut avoir peur de présenter quelque chose de trop personnel au monde mais on ne peut jamais savoir comment les autres vont le recevoir.

De ce que je voyais de son visage, j'avais l'impression qu'il était un peu inquiet et je me suis demandé si j'avais réussi à lui transmettre quoi que ce soit, après tout ce que lui m'avait donné en tant que médecin.

J'ai grandi dans une famille à la fois indienne et britannique et j'ai passé beaucoup de temps enfant à écouter des gens parler une langue que je ne comprenais pas : ourdou ou punjabi, mêlés à de l'anglais cockney. Ne pas comprendre l'italien est frustrant mais je fais en sorte de poser des questions simples et directes : « Quand avez-vous su que vous vouliez devenir infirmier ou médecin ? » ou « À quel moment vous êtes-vous dit que vous étiez tombé amoureux ? ».

Il me semble, dans ces circonstances éprouvantes, que les questions naïves sont celles qui vont droit au but. J'ai demandé à l'une des infirmières comment elle avait eu la vocation. Elle m'a raconté qu'à sept ans, une aide-soignante était venue chez eux et avait sauvé sa mère : dès ce moment-là, elle avait compris qu'elle travaillerait dans le domaine médical.

J'ai décidé de devenir écrivain quand j'avais quatorze ou quinze ans. Je n'ai jamais imaginé que je serais bon à quoi que ce soit d'autre mais il m'arrive de me demander si un choix aussi précoce ne m'a pas empêché d'accéder à tellement d'univers différents.

J'aurais pu devenir barbier, architecte, ministre des Finances. Mais écrivain je suis, assis dans cette triste chambre pour une nouvelle semaine, telle une bouche beckettienne, véritable moulin à paroles puisque je ne peux que parler ; cependant, je peux aussi écouter.

Je peux agiter les orteils et tendre les pieds vers le haut ou vers le bas. Mon pied gauche est plus fort que le droit, qui manifeste bien moins de réactions. Je peux étendre et plier ma jambe gauche tandis que la droite remue à peine. Je peux bouger les fesses et envoyer un coup de cul à l'occasion. Quant à la surface de ma peau, dès qu'on passe sous la taille, elle est plutôt engourdie. Je ne porte pas de minerve et je n'ai pas non plus cette expression pétrifiée que l'on voit parfois sur le visage des gens paralysés. Je peux bouger le cou, les épaules ainsi que le bras droit et je peux à peine lever la main droite mais, mon poignet droit n'ayant pas assez de tonus, j'ai la main qui pend mollement au bout de mon bras. Je n'arrive ni à ouvrir les doigts ni à les serrer. Mes mains sont inertes, raides, gonflées ; elles pourraient tout aussi bien appartenir à quelqu'un d'autre. Je peux bouger le bras gauche mais il est vaguement disloqué et douloureux. Je n'ai pas vraiment d'amplitude de mouvement. Quant aux doigts de la main gauche, ils sont hypertendus et je peux juste les remuer légèrement. Mais, là non plus, je ne peux rien attraper avec. Pour autant que je puisse en juger, mon cerveau est intact et j'ai les mêmes capacités intellectuelles qu'avant.

Deux de mes fils, Kier et Sachin, m'ont rejoint à Rome et m'ont vu dans cet état pour la première fois. Kier enseigne le piano et la guitare ; c'est quelqu'un de très mince, il est pâle de peau avec des yeux bleus. Sachin est plus mat, plus musclé ; en ce moment, il écrit pour un feuilleton télévisé. Ils ont eu un choc en me voyant, on a un peu pleuré tous les trois mais ils ont pris sur eux pour rester enjoués et drôles. Personne ne sait si je vais récupérer ni à quel rythme, si bien qu'il est difficile de prévoir ce que l'avenir réserve à notre famille.

Je ne recommande à personne d'avoir un accident comme le mien mais je dirais quand même qu'être allongé en permanence, immobile et silencieux, dans une chambre terne de la banlieue de Rome, sans aucune source de distraction particulière, est sans doute bon pour la créativité. Privé de journaux, de musique, de tout le reste, on se rend compte que l'on gagne en imagination.

Depuis quelque temps, alors que j'arrive sur la fin de mes soixante ans, je sentais que je déclinais comme écrivain, même si je ne manquais pas d'idées. Personnages, voix, situations – ils m'emplissent toujours autant, peut-être même plus. Et donc, une coupure de quelques jours, sans rien dans la vie pour se divertir, ça pourrait être un bon traitement de choc en cas de panne d'écriture. En fait, un écrivain bloqué, ça n'existe probablement pas ; il n'y a que des écrivains qui se reposent tandis que d'autres attendent.

Mon ami Salman Rushdie, un des hommes les plus courageux que je connaisse, qui est resté imperturbable face à l'une des formes les plus violentes de l'islamofascisme, m'écrit chaque jour, m'engageant à être patient. Il sait de quoi il parle. Il me donne des forces.

Depuis que j'ai commencé à écrire ces dépêches, de nombreux articles parlant de moi et de mon travail sont sortis dans la presse du monde entier. Le constat est gratifiant dans la mesure où la plupart sont élogieux. Mais c'est un peu comme découvrir la couverture médiatique de sa propre mort, où chacun interroge la place qu'occupait l'artiste et revient sur l'ensemble de son œuvre. L'expérience est à la fois touchante et dérangeante.

Le seul avantage que l'on puisse trouver au fait d'être paralysé, c'est que l'on n'a besoin d'aller dans aucun lieu précis ni pour pisser ni pour chier.

09/01/2023

Depuis que je me suis transformé en légume, je n'ai jamais été aussi occupé. Hier soir, vers neuf heures, j'ai regardé quelques minutes d'un film que je trouvais vraiment bien. Puis, j'ai perdu la connexion et tout fut plongé dans le noir.

Je me suis endormi avant de me réveiller vers une heure du matin et je n'ai pas pu refermer l'œil. Des tas d'idées me traversaient l'esprit mais, puisque je ne peux pas me servir de mes mains pour prendre des notes, il faut que je les garde en tête jusqu'au lendemain, quand je peux les hurler à Carlo à l'autre bout du fil.

Voilà donc comment j'écris ces derniers temps ; je lance un filet sur des pensées qui vont et viennent, puis je le ramène à moi en espérant qu'une forme s'en dégage, d'une manière ou d'une autre.

Ce matin, trois magnifiques kinésithérapeutes italiens se sont présentés dans ma chambre. Ils portaient des uniformes blancs impeccables bordés d'un liseré orange. Ils m'ont installé dans un lève-personne en plastique bleu qui m'a extirpé du lit avant de me déposer dans un fauteuil roulant. Puis, ils m'ont fait pivoter et, pour la première fois depuis que je suis dans cette chambre, j'ai pu voir l'autre côté de la pièce. À travers la fenêtre, j'apercevais le ciel d'Italie, quelques arbres, un nuage, des oiseaux. Je me suis dit que les choses allaient peut-être commencer à s'améliorer.

Mon cœur est comme un oiseau qui chante.

Les trois kinés sont repartis tandis qu'un autre arrivait. Bel homme, doux, il travaille aussi pour le club de football de Rome. Il s'était occupé des jambes de Tammy Abraham avant de venir voir les miennes.

Il m'a caressé les doigts, les pieds ; il m'a ouvert les mains, les a palpées délicatement. Je commençais à sentir que j'avais un corps d'un seul tenant, pas seulement un assemblage de morceaux hétéroclites accolés au gré de l'imagination de Mary Shelley.

Avec tout cela, je n'ai plus aucune notion du temps. Je ne sais pas quel jour on est, ni même quel mois.

Je suis devenu un fervent admirateur des Italiens. Je les trouve superbes. Avec une belle peau lisse et lumineuse. Leurs poils et leurs cheveux bruns parfaitement entretenus suscitent l'inspiration. Ce ne sont ni des machos ni des fils à maman.

Depuis que j'ai perdu mon corps, regarder celui des autres, les contempler et sentir leur odeur est devenu un réel plaisir esthétique. Je suis émerveillé par les femmes aussi, bien sûr, avec leur longue chevelure noire et leurs yeux extraordinaires.

J'ai eu de nombreuses conversations intimes avec de jeunes membres du personnel qui se définissent comme queers et non binaires. Ils redoutent ce que l'Italie pourrait devenir, puisqu'ils ont la malchance d'avoir une fasciste à la tête de leur gouvernement.

Si ces merveilleuses jeunes personnes veulent mener la vie à laquelle chacune aspire, il leur faudra quitter ce beau pays afin de trouver un environnement plus accueillant et bienveillant. Une perte évidente.

L'Italie est l'une des plus grandes civilisations gays d'Europe. Le Vatican est gay, de même que l'industrie de la mode. Quant à l'esthétique de la Renaissance, elle est entièrement fondée sur une sexualité polyamoureuse.

Il y a quelques années, la Grande-Bretagne a entamé un débat dangereux, presque catastrophique, sur le Brexit, qui a déchiré le pays. Quelque chose de semblable s'est passé en Italie avec Giorgia Meloni.

Tous les programmes nazis et fascistes sont persuadés que, s'ils se débarrassent d'un certain nombre de vauriens, ils créeront un avenir nouveau et radieux. C'est une idée inepte.

J'ai apprécié le séjour dans cet hôpital. Tout le monde m'a traité avec respect et courtoisie. Il y a néanmoins quelque chose de tragique, voire de déconcertant, quand on constate à quel point les choses sont compartimentées dès qu'il est question de race. Chaque jour, je me demande où sont mes frères et sœurs de couleur.

Est-ce qu'on les met dans un endroit spécial pour éviter qu'ils ne contaminent les autres ? Ce serait vraiment terrible si ce pays où l'on trouve la meilleure cuisine, la meilleure culture et le peuple le plus cultivé se transformait en îlot isolé du reste du monde.

Isabella D'Amico souhaite intervenir ici. Elle pense que je n'ai pas de connaissance assez variée ni assez informée de son pays et que je ne suis pas le mieux placé pour commenter les maux de la société italienne étant donné que je ne me suis pas soucié d'apprendre sa langue maternelle. Je lui réponds qu'il serait plus facile pour tous les Italiens d'apprendre l'anglais que pour moi de comprendre l'italien.

La littérature, et c'est ce qui a fait sa réputation, est une forme de bâtardise. Du plus vulgaire et calomnieux jusqu'au plus sublime et poétique, vous pouvez mettre ce que vous voulez dans un livre, puis vous malaxez le tout pour en faire quelque chose d'inoubliable. Un insecte, un héros, un fantôme ou le monstre de Frankenstein. De ces mélanges surgiront des horreurs et des étonnements impressionnants.

Chaque jour, quand je dicte ces pensées, j'ouvre ce qui reste de mon corps cassé pour donner forme à ce chaos dans lequel je suis tombé, pour m'empêcher de mourir de l'intérieur.

10/01/2023

Encore une nuit de merde. L'une des pires. Je me suis endormi vers huit heures après avoir pris mes médicaments et, à partir d'une heure du matin, j'étais parfaitement réveillé. En plus de ça, ma tête s'est retrouvée à pendre sur un bord de mon lit. Je ne peux bouger ni les bras ni les jambes et personne ne m'entendait. Cela m'a paru être une bonne occasion de réflexion.

À quoi pouvais-je bien penser ?

Mon père fut journaliste et écrivain. En Inde, plusieurs de mes oncles avaient été journalistes et s'étaient retrouvés à la tête de diverses revues de cinéma, que l'on appelait alors des magazines du grand écran.

J'ai lu des dizaines de biographies d'auteurs à l'adolescence. De Balzac à Proust en passant par Zola, Dickens, Colette, Henry Miller, ainsi que tous les chefs-d'œuvre autobiographiques de mon héros de ces années-là, James Baldwin. Leur vie passée à faire la bringue, à baiser, à se battre et tout ce tumulte ambiant donnaient le sentiment que c'était ce à quoi il fallait aspirer. Quand j'ai commencé à écrire, alors que j'étais un adolescent perturbé et à moitié délinquant, j'étais persuadé qu'au-delà de ma chambre et de la banlieue, il y avait des gens – une personne au moins – qui me reconnaîtraient et qui me comprendraient.

Les premiers écrivains que j'ai rencontrés étaient Brian Patten et Roger McGough, connus comme poètes de Liverpool. En tant que président du syndicat des étudiants de la faculté de technologie de Bromley, j'avais organisé un concert avec, en tête d'affiche, les Pink Fairies. Brian Patten était invité ; ses textes étaient publiés chez Penguin. Je lui ai tendu une enveloppe en papier kraft avec quatre-vingt-dix livres dedans. Il a lu un poème puis il a filé pour sauter dans un bus qui le ramenait chez lui.

À dix-huit ans, j'ai pris le train de la gare de Bromley South jusqu'à Victoria, puis j'ai marché jusqu'à Sloane Square, je me suis engouffré dans le Royal Court Theatre, je suis monté au bar à l'étage pour me retrouver dans la salle de spectacle. Sur la scène, face à une actrice, un grand homme mince faisait de grands gestes énergiques. C'était Samuel Beckett dans le milieu des années 1970 alors qu'il dirigeait Billie Whitelaw dans sa pièce *Pas*.

Le soir même, je commençais à travailler comme ouvreur, ce qui m'a permis de voir de près de vrais écrivains pour la première fois. Je me suis ainsi trouvé à un mètre du grand David Storey, d'Edward Bond, de la magistrale Caryl Churchill qui passait au théâtre à toute allure pour encourager régulièrement les jeunes acteurs.

Pour moi, c'étaient des personnages incroyables, capables de faire chanter la langue et de transformer les acteurs en de véritables instruments. C'est de cette façon que j'ai côtoyé des gens qui prenaient l'art au sérieux, au point d'y consacrer leur vie.

Ils étaient excentriques, fous et investis, passionnés par ce qu'ils faisaient, s'écharpant furieusement.

Chaque soir, j'allais au bar juste à côté du théâtre et je m'installais pour lire le journal. J'observais intensément Samuel Beckett, qui ne détestait pas venir prendre un verre. Je me suis lié d'amitié avec son impressionnant chef éclairagiste, Duncan Scott, ce qui me permit de me rapprocher de Beckett. Il n'avait rien du lamentable salaud que beaucoup voyaient en lui. Quand une jeune femme l'abordait avec une pile de ses livres, Sam les signait volontiers d'un air joyeux.

Parmi les jeunes auteurs, le plus charmant était Christopher Hampton, dont une pièce avait été mise en scène au Royal Court Theatre quand il avait vingt et un ans : intitulée *Rimbaud/Verlaine. Totale éclipse*, elle raconte la relation des deux poètes. Christopher eut la générosité de me présenter à son agente Peggy Ramsay, qui m'avait invité à passer la voir dans le West End où elle travaillait.

Elle était intense, intimidante et n'avait pas manqué de me flanquer la frousse. Assise sur un canapé, agitant les jambes, elle avait déclaré : « Quand j'étais plus jeune, je n'étais pas hostile à une bonne petite baise l'après-midi. »

Je lui avais tendu l'adaptation que j'avais écrite des *Carnets du sous-sol* de Dostoïevski. Je remarquai qu'elle avait réussi à mettre de la confiture de fraise sur le manuscrit si bien que les pages s'étaient collées. Elle me le rendit avec une moue de mépris en me disant qu'à vue de nez, c'était un peu court.

Bien des années plus tard, alors qu'elle était atteinte de démence, son bureau fut détruit dans un incendie. Elle avait confié à l'acteur Simon Callow que c'était un acte de malveillance et que je m'étais vengé.

Si je vous raconte tout ça, ce n'est pas parce que ma tête est toujours coincée entre le lit et le mur, si bien que vous et moi devrions faire passer le temps à l'aide de quelque distraction, mais parce qu'il faut que vous sachiez qu'à l'époque, les écrivains étaient des créatures vivantes qui respiraient le même air que tout le monde et qu'on les payait pour qu'ils fassent preuve d'imagination.

Le deuxième événement marquant des débuts de ma carrière eut lieu en 1982. Je travaillais dans une librairie du Riverside Studios, centre artistique d'Hammersmith. Un soir, l'invité d'honneur était Italo Calvino, présenté par Salman Rushdie, que je rencontrais pour la première fois. Après la lecture, un dîner était organisé à Chelsea par Gaia Servadio (dont la ravissante fille, Allegra Mostyn-Owen, épousera plus tard Boris Johnson).

Salman Rushdie m'offrit un exemplaire des *Enfants de minuit* et je suis reparti vers le minuscule appartement où je logeais au 48 Barons Court Road ; allongé sur le matelas par terre, j'ai lu le bouquin d'une traite. Puis, je suis retourné à Hammersmith en longeant le fleuve, j'ai marché jusqu'à Chiswick Bridge et je me suis de nouveau retrouvé chez moi. J'ai descendu une bouteille de vin et j'ai relu tout le roman.

Rushdie m'invita chez lui avec Angela Carter. Véritable tourbillon d'érudition et d'esprit, il était capable de parler de tonnes de sujets. Il avait une connaissance énorme, qui allait de *Star Trek* jusqu'aux grands mythes.

En découvrant ce phénomène, je compris que je devais tout reprendre à zéro, en tant que personne et en tant qu'écrivain. Il fallait que je devienne écrivain comique, quelqu'un qui puisse agencer dans une même page les choses les plus folles et les plus intéressantes. C'est à peu près à cette période que j'ai commencé à prendre au sérieux qui j'étais et que je me suis mis à travailler davantage.

L'infirmière est arrivée. Elle a réussi à m'extirper de cette position où je me présentais par le siège et à me redresser. Il y a une belle phrase qui ouvre la nouvelle « Dans le viseur » du recueil de Raymond Carver, *Parlez-moi d'amour* : « Un homme sans main s'est présenté à ma porte pour me vendre une photographie de la maison. Mis à part les crochets chromés, c'était un homme banal d'une cinquantaine d'années[1]. »

Ce soir, cette image me frappe car je suis l'homme sans main.

11/01/2023

1. Raymond Carver, *Parlez-moi d'amour*, traduction de Gabrielle Rollin, Points, 2013.

Enfin une nuit pas si mauvaise. Endormi à neuf heures le soir, si j'exclus quelques interruptions, je suis resté inconscient jusqu'à cinq heures du matin. La veille, j'avais demandé à prendre plus de somnifères mais on m'avait répondu qu'ils n'en avaient plus. Peut-être avais-je déjà avalé tout le stock de l'hôpital. Mais la nuit dernière fut meilleure.

N'ayant pas quitté cette chambre depuis neuf jours, il semble que je sois en train de m'adapter aux circonstances, malheureusement.

À six heures et demie ce matin, accompagnés du bruit des seaux qui cognent par terre et des gens qui parlent fort, les infirmiers étaient là pour faire ma toilette et me changer. Ils vous soulèvent dans une couverture puis vous roulent d'un côté, puis de l'autre pour vous récurer de fond en comble. Ils vous lavent les parties intimes, les fesses, tout en chantant de joyeuses chansons italiennes la plupart du temps.

L'un des infirmiers est particulièrement fan de Bruce Springsteen et, pendant qu'il s'active, il aime chanter

« Dancing in the Dark ». Ça ne me gêne pas trop, j'apprécie d'être entouré.

Ensuite vient le petit-déjeuner : un bol de vilain thé froid dans lequel on trempe un biscuit un peu sucré. On me le donne à la petite cuillère.

C'est alors que mes kinés arrivent. Ils sont quatre. Ils veulent absolument me mettre debout. Ce qui implique de me glisser dans un harnais bleu afin que mes pieds puissent toucher le sol et que je reste à la verticale. Autant dire que c'est une expérience horrible car ça fait un moment que je ne me suis pas retrouvé debout.

J'ai l'impression que le monde est en dévers, rien ne semble à sa place, c'est comme si les couleurs volaient dans la pièce et n'étaient plus reliées aux objets, comme si j'avais des hallucinations.

Je n'arrivais pas à respirer et j'ai cru que j'allais vomir. Ils m'ont de nouveau allongé en me disant que ça allait prendre du temps pour que je m'habitue à la position debout.

Dans l'épisode suivant de mes aventures, je suis installé sur un brancard et on m'emmène faire des tests, allongé sur le dos, pendant des kilomètres à travers tout l'hôpital. Je commence à me repérer en fonction des plaques aux plafonds.

Il y a deux semaines, une bombe a explosé dans ma vie, qui a aussi fracassé la vie de ceux qui m'entourent. Ma compagne, mes enfants, mes amis. Chacune de mes relations a besoin de se recaler. Ce qui met tout le monde un peu sur les dents, ce qui change tout. Il y a de la culpabilité, de la colère ; on est agacés de devoir dépendre des uns et des autres, de ne pas pouvoir s'occuper de soi tout seul. D'un point de vue physique, mon accident a été une tragédie et, pour chacun de nous, les conséquences émotionnelles vont être importantes. Je suis fier de dépendre de celles et ceux qui m'aiment. Et, jusqu'ici, ils donnent l'impression de vouloir me venir en aide. J'ai eu de nombreuses gentilles suggestions de la part d'amis et d'inconnus me parlant de tel ou tel moyen technique, coûteux et pratique, qui me permettrait de continuer à écrire. Est-il besoin de dire que j'en suis profondément ému et reconnaissant ?

J'aimerais ajouter que j'apprécie tout particulièrement d'écrire ces dépêches depuis mon lit. Au moins n'ai-je pas perdu la chose qui m'était la plus précieuse : cette capacité que j'ai à m'exprimer.

Depuis que je suis ici, j'ai à peine pu bouger. Carlo a commencé à me faire faire des étirements en me levant les bras au-dessus de la tête, tout en exerçant une forme de résistance et en repoussant mes jambes vers mon torse. Pour la première fois depuis l'accident, j'avais la sensation d'être dans mon corps.

Hier soir, la situation s'est tendue dans cette petite chambre ; Isabella était fatiguée, voire épuisée ; il y a eu de méchantes frictions entre nous. Quand il s'est agi de me nettoyer les dents, ce fut la goutte d'eau.

Isabella, vous l'avez sans doute compris, n'est pas dentiste. Manipulant une brosse à dents, un morceau de fil dentaire et un pic à cocktail, elle s'efforçait de prendre soin de ma bouche alors que j'essayais de lui dire comment elle devait faire. J'ai commencé à sentir que je me transformais en nourrisson impuissant, doublé d'un effroyable tyran : se retrouver dans ce genre de situation, c'est devoir affronter autant la vulnérabilité que la frustration.

12/01/2023

La nuit dernière, Isabella m'a installé un film sur mon iPad avant de partir. J'étais détendu, je profitais de l'histoire quand une femme de ménage est entrée dans ma chambre et, en déplaçant deux-trois choses autour de moi, elle a renversé l'iPad. Puis elle a éteint les lumières et a refermé la porte derrière elle.

L'obscurité était presque totale. J'entendais encore la bande-son malgré tout et j'essayais de deviner ce qui se passait en regardant les silhouettes lumineuses bouger par intermittence au plafond, comme dans un spectacle d'ombres chinoises.

Plus tard, j'ai fini par sombrer et j'ai commencé à rêver de mes mains, attachées ensemble avec une corde en argent si bien que je ne parvenais pas à les bouger.

Pour une raison que je ne m'explique pas, dans ce rêve, je me suis également souvenu de l'époque où j'étais au jury du Festival de Cannes, en 2009, l'année où Isabelle Huppert en était la présidente.

En tant que membres du jury, parmi lesquels se trouvaient Asia Argento et Robin Wright, nous avions l'habitude de nous faufiler dans les salles tôt le matin pour éviter le cérémonial du tapis rouge le soir. Ça nous permettait aussi de partir avant la fin quand les films ne nous plaisaient pas, ce qui était souvent le cas.

Mais il y a un film qui ne m'a jamais vraiment quitté. C'était *Antichrist* de Lars von Trier, dont les images m'ont ainsi hanté la nuit dernière. Cette année-là, le meilleur film de la sélection était *Un prophète* de Jacques Audiard, qui méritait réellement de décrocher la Palme d'or.

Je me réveillai et me mis à pleurer. Quand on pleure, on doit essuyer ses larmes, ce que je suis incapable de faire. Mes yeux se sont donc remplis d'une eau amère et salée, j'ai commencé à paniquer à l'idée que je puisse aussi perdre la vue, en plus de tout le reste. Finalement, une gentille infirmière est arrivée dans ma chambre et m'a fait avaler une bonne dose de Lorazépam ; elle a posé la main sur ma joue en me disant : « Ce n'est pas si horrible : au moins, vous n'êtes pas dans le coma. »

Le lendemain matin, je sentais que j'avais très faim et je me suis laissé convaincre par les agréables odeurs de petit-déjeuner qui m'arrivaient du couloir. Je fus ravi de voir, pour la première fois, un assortiment de viennoiseries italiennes toutes chaudes et un plateau de fromages servi avec un verre de jus d'orange pressée.

Ce sont les infirmières qui doivent me nourrir. Mais celle-ci ne parlait pas anglais et, apparemment, on ne lui avait pas dit ce dont j'avais besoin. Le plateau est donc resté là à me tenter pendant une bonne heure avant que l'infirmière ne revienne le prendre en haussant les épaules : « Vous n'avez pas aimé ? ». Puis, elle est sortie en emportant mon petit-déjeuner.

Plus tard, l'un des kinés est venu me voir. C'était un homme grave avec des yeux sombres qui me promettait qu'un jour, je parviendrais à soulever un stylo avec ma main droite. J'ai du mal à y croire ; pour l'instant, mes doigts ressemblent à des saucisses cousues au moignon de mon poignet.

Demain, je quitte les lieux. Je passe mon dernier jour dans cette petite pièce, prison transitoire. Je me rendrai dans un établissement de six étages, bien plus spacieux, où l'on me dit que j'aurai des séances de rééducation haut de gamme. J'ai l'impression que mon corps se transforme en guimauve, que je suis en phase de déliquescence. Je vais aussi pouvoir rencontrer d'autres personnes dont le corps a été brisé de mille manières.

Il m'est arrivé une chose étrange : j'étais parti passer quelques jours à Rome avec Isabella et voilà que, désormais, je ne pourrai plus jamais retourner chez moi. Je n'ai plus de maison maintenant, je n'ai plus de centre. Je suis un inconnu à mes propres yeux. Quelqu'un de nouveau est en train d'émerger.

Ce qui me manque le plus de ma vie antérieure, c'est la lecture. Traînailler dans mon bureau, tomber sur tel ou tel livre – une œuvre de fiction, une autobiographie, un ouvrage d'histoire, un essai de psychanalyse. J'aime lire au hasard comme ça, je trouve que c'est une forme de communion avec soi-même.

Pour moi, lecture et écriture sont indissociables. Mon père m'a encouragé à écrire quand j'étais jeune ; nous parlions structure, personnages, sens et idées, autant de notions qui continuent de me fasciner. Qu'est-ce qui fait qu'un texte réussit ou ne réussit pas ? Je regarde beaucoup la télévision maintenant et je trouve que la plupart de ce que l'on nous propose manque d'originalité et reste assez conventionnel. D'une certaine manière, l'ère du néolibéralisme de l'écriture créative a convaincu les gens que l'on peut acheter cette aptitude à l'écriture. C'est possible jusqu'à un certain point mais on ne peut faire l'acquisition que de choses prévisibles, comme des recettes. Dans la vraie écriture, on met en contact la part la plus profonde de quelqu'un avec celle d'un autre. L'idée que les lecteurs nous prêteront une oreille empathique doit aller de soi – et qu'ils recevront nos mots avec bienveillance et intérêt, de la même manière que nous serions susceptibles de les écouter, eux.

C'est l'heure de mon deuxième lavement. J'ai hâte.

13/01/2023

HÔPITAL SANTA LUCIA, ROME

Je me réveille à quatre heures du matin, sachant que je m'en vais ailleurs aujourd'hui. Je me demande à quoi ressemblera ce nouvel endroit.

À cinq heures, je vois arriver mon médecin préféré. Il est timide et intelligent ; nous entamons notre discussion quotidienne. Nous parlons de mes jambes, de Giorgia Meloni, de l'éducation des adolescents et du plaisir de cette phase où vos enfants deviennent vos amis.

Il m'explique qu'à l'origine, les romans russes ont été traduits en français avant de l'être en anglais. Il me demande si je peux lui recommander une bonne traduction d'*À la recherche du temps perdu* de Proust.

Je lui montre une photo de mon psychanalyste et lui communique les références de quelques livres qu'il a écrits. Il casse un biscuit sucré, le plonge dans un thé un peu trouble et me donne la becquée tout en me racontant qu'un jour, on l'avait emmené en Calabre pour effectuer une intervention chirurgicale sur un parrain de la Mafia. Il avait été surpris de découvrir que, malgré la richesse de ce mafioso, les gens autour de lui semblaient mener des vies franchement sordides. On imaginerait volontiers, m'avait-il dit, qu'ils aient meilleur goût quand ils choisissent leurs tapis. Nous avons continué à bavarder de choses et d'autres pendant une heure. C'est merveilleux quand on peut trouver un tel compagnon. Je lui demande ce qui l'inquiète le plus actuellement. Il me répond que c'est l'avenir de l'Italie.

Je dois reconnaître que se retrouver paralysé est une bonne façon de faire de nouvelles rencontres.

Ma famille et les médecins ont bien discuté de ma prochaine étape. Nous sommes tombés d'accord pour dire qu'il vaudrait mieux que je reporte mon retour à Londres du fait de la grève des ambulanciers mais aussi parce que je suis trop fragile pour effectuer un tel déplacement et parce que je n'ai pas d'assurance voyage. En attendant, je vais être transféré à l'hôpital Santa Lucia, dans la banlieue de Rome, qui est un établissement de pointe spécialisé dans la rééducation des lésions de la moelle épinière, entre autres. Ce sera aussi plus pratique pour Isabella de rester dans sa ville natale, où elle a le soutien de ses amis et de sa famille. Sa vie a été complètement chamboulée par l'accident ; elle passe tout le temps des visites autorisées à mes côtés et, le soir, elle va dîner chez sa mère. Parallèlement, elle dirige avec une amie une petite agence de relations publiques qui s'occupe d'écrivains et de festivals, mais elle a mis son activité plus ou moins entre parenthèses pour prendre soin de moi.

Tous les deux, nous quittons ma chambre pour monter dans une ambulance qui m'emmènera jusqu'au nouvel hôpital. Je suis allongé sur un brancard mais, en regardant par les fenêtres, j'aperçois le ciel bleu flamboyant.

Le Santa Lucia est un énorme bâtiment ultramoderne qui date des années 1980 ; on y accède par une vaste pelouse verte. Les lieux pourraient servir de décor dans un film de science-fiction à la J. G. Ballard.

Ma nouvelle chambre est spacieuse, confortable et quelconque. À l'opposé du mien, il y a un autre lit sur lequel repose un homme endormi. Isabella me donne à manger et j'engloutis une assez grosse bouchée de poisson. Quelques secondes plus tard, je suis en train de m'étrangler. Isabella appelle à l'aide, quatre infirmières se précipitent et, après une série de vigoureuses claques dans le dos, le morceau ressort. Le médecin me dit que j'aurais très bien pu en mourir. Je vais y aller doucement avec le poisson à l'avenir.

Quelqu'un arrive avec un mètre ruban et m'explique qu'il vient vérifier ma taille pour le fauteuil roulant.

Je me sens déprimé. Je suis désespéré, je n'ai pas envie d'être ici, je veux rentrer chez moi, je préférerais mourir dans l'instant.

J'en ai assez de toutes ces conneries. Je sens que je n'ai pas la force d'affronter ça. Je n'ai aucune envie de vivre ainsi. C'est la merde et je suis fatigué de demander à Isabella de faire autant de choses pour moi. Puis, une femme d'une trentaine d'années, coiffée de longs cheveux teints en bleu vif, débarque en fauteuil roulant dans ma chambre et nous faisons connaissance. Je l'appellerai Miss S.

Je lui demande si nous pouvons être amis. Je la supplie de ne pas me lâcher. Elle me répond que je peux compter sur elle. Et me dit : « Après mon accident, la première fois que je suis arrivée ici, je ne pouvais me servir que d'un œil. »

14/01/2023

Nuit d'insomnie. Pas une seconde de repos. Pensées à cent à l'heure. Je me réveille avec de la température et la crainte d'une infection. Du sang dans les urines.

Nouveau cathéter et douleur atroce dans les parties génitales. Anesthésiant injecté dans le pénis. Rendez-vous chez le laryngologue après l'incident du poisson et la manœuvre de Heimlich. Tuyaux dans le nez, dans la gorge et un mal de chien au cul.

Visite rapide d'un nouvel ami, un patient de mon âge, que j'appelle le Maestro, acteur et metteur en scène qui arrive dans ma chambre avec son fauteuil, vêtu d'un large sweat à capuche ; il m'apporte un cappuccino, qu'il me fait boire à l'aide d'une paille. Il a traversé des épreuves bien pires que la mienne, à la limite du supportable : diagnostic de cancer, moult opérations et une lésion rachidienne.

Les kinés interviennent, me tirent ici, me poussent là, me palpent, me tordent. Mon corps a l'impression d'avoir été roué de coups, d'avoir été brisé.

16/01/2023

Quelqu'un a dû m'entendre me plaindre car les médecins ont augmenté mes doses de somnifères. J'ai dormi jusqu'à quatre heures du matin. Mon nouveau voisin de chambre a passé la nuit à parler dans son sommeil, en italien bien sûr. Je ne peux pas dire que ça m'ait dérangé. On est capable de s'habituer à tout.

J'ai regardé l'intégrale de *Breaking Bad* deux fois, et certains épisodes plusieurs fois. Anthony Hopkins dit qu'à ses yeux, la performance de Bryan Cranston dans le rôle de Walter White est la meilleure qu'il ait jamais vue, et il sait de quoi il parle.

De tout ce qui existe, l'écriture et l'intelligence de cette série restent inégalées, si vous me demandez mon avis. Maintenant que j'ai toutes mes soirées disponibles, je regarde le spin-off de *Breaking Bad*, *Better Call Saul.*

La manière dont Bob Odenkirk incarne le génie cabossé de Jimmy McGill est magistrale. Et, dans la peau de Mike Ehrmantraut, détective privé et nettoyeur à l'air mélancolique, Jonathan Banks tient le rôle avec une profonde assurance. Ces deux séries méritent vraiment qu'on les regarde encore et encore.

J'imagine que le but, quand on joue un personnage, c'est que ça passe inaperçu. Mais quand on remarque le jeu de l'acteur, comme c'est le cas avec Jonathan Banks, on apprécie la prouesse, comme pour n'importe quel artiste. Chapeau bas, monsieur !

En milieu de matinée, trois infirmières sont entrées dans ma chambre en poussant devant elles un engin conçu pour porter quelqu'un : c'est un appareil de levage, qui ressemble à une petite grue. Elles m'habillent ; c'est la première fois que je remets des vêtements depuis mon accident. J'ai même des chaussures aux pieds.

Les infirmières m'installent dans le palan qui me soulève du lit. L'espace de quelques secondes, je suis suspendu en l'air comme une mouche tandis que mes membres pendent de chaque côté. Puis, l'appareil me dépose doucement dans un fauteuil roulant.

Mon ami le Maestro manœuvre prestement pour entrer dans ma chambre et m'apporter un cappuccino. Nous nous lançons dans un débat passionné avec le médecin sur les Américains qui en boivent à des moments parfaitement inopportuns de la journée.

Le médecin nous raconte qu'une fois, il a même entendu dire qu'un Américain avait commandé un cappuccino en fin de journée. Le Maestro ne pouvait croire qu'une telle chose ait pu se produire. Ce serait comme mettre de la confiture sur des pâtes, conclut-il.

Puis, me voilà embarqué à travers la multitude de grands couloirs et de halls qui quadrillent cet immense hôpital moderne pour rejoindre la salle de sport.

Celle-ci est immense, lumineuse, équipée de nombreuses machines qui font très high-tech. Je dois préciser à ce stade que c'est la première fois que je m'y rends.

On m'installe à côté d'une fenêtre, je regarde le ciel, les arbres, le parc de l'hôpital. Et je ne plaisante pas quand je dis qu'à ce moment précis, un bouillonnement impétueux me traverse comme une décharge électrique.

C'est là que je décide que je veux acquérir la citoyenneté italienne, qu'il me faut un passeport italien. J'en ferai la demande demain. Qui n'aurait pas envie de vivre en Italie ? J'en parlerai plus tard avec Isabella, qui est toujours une conseillère avisée en matière de réalité ; elle me dira si je suis en train de franchir les bornes du raisonnable.

Je travaille une heure environ avec le kiné et je sens que différentes parties de mon corps commencent à réagir. C'est le meilleur jour de ma vie. Plus tard, alors que je retourne dans ma chambre animé par une certaine ivresse et un peu exalté, un médecin me demande si j'accepterais de participer à une étude internationale qui s'intéresse à des patients avec traumatismes du rachis. J'ai toujours eu envie d'être au cœur d'une expérimentation médicale : la proposition m'enthousiasme.

Je ferai deux heures de kiné supplémentaires chaque jour. L'idée est de voir dans quelle proportion cela jouera sur ma récupération.

17/01/2023

L'une des caractéristiques de ces situations où vous passez des heures et des heures dans un lit d'hôpital, c'est que vous commencez à avoir des souvenirs totalement inédits, dont certains sont parfois extrêmement détaillés. Les événements du passé semblent surgir de manière aléatoire. Si vous n'avez pas d'avenir, c'est le passé qui vous revient.

J'étais content de regarder *Better Call Saul* quand mon iPad s'est soudain arrêté. L'écran est devenu tout noir et un message s'est affiché, qui demandait : « Vous êtes encore là ? » Eh bien, c'est une question intéressante.

J'ai essayé d'attraper une paille détrempée avec les dents pour répondre que oui. Mais la paille ne m'a pas été d'un grand secours. Puis, j'ai tenté d'appuyer mon nez indien plutôt proéminent sur l'écran mais je n'ai réussi qu'à pousser mon iPad un peu plus loin.

Le message n'avait pas disparu. Étais-je encore là ? Étais-je quelque part ?

Mon voisin a beaucoup dormi, sans faire de bruit, ce qui fut un soulagement. Quand il ronfle, dans l'obscurité de cette chambre que nous partageons, j'ai l'impression d'entendre les grognements d'une otarie.

J'ai eu l'occasion de manger dans de grands restaurants. Je me suis retrouvé à table avec des scientifiques, des artistes, avec Brian Eno. Mais passer chacune de mes nuits à moins de deux mètres de cet homme blessé, de ses gémissements, des coups de fil qu'il passe sans cesse dès qu'il fait noir, est une expérience tout à fait nouvelle. Je n'ai rien contre lui, et réciproquement. Nos vies sont désormais intimement liées.

Quand mon cher ami et regretté réalisateur Roger Michell travaillait avec moi – nous avons écrit six films ensemble –, nous avions inventé un système pour évaluer chaque scène, que nous avions baptisé l'Ordre de la notation de Queenie Leavis. Il y avait trois types de distinctions possibles : la première était la Canaille, la deuxième la Double Canaille et la troisième la Triple Canaille.

On évaluait toutes les scènes à cette aune. Dans notre film *Venus*, une scène avec Vanessa Redgrave et Peter O'Toole avait obtenu la mention Triple Canaille. Le personnage joué par O'Toole s'y excuse auprès de sa femme pour s'être mal comporté avec elle et lui dit au revoir, persuadé qu'il va bientôt mourir. Nous avions estimé que la scène méritait cette appréciation parce que quelque chose de beau s'était produit entre les deux acteurs ; ils avaient réussi à élever le dialogue à un niveau rare et en avaient tiré quelque chose d'exquis.

Je trouvais O'Toole un peu con, en dépit de son jeu impeccable. Tout le monde autour de lui faisait de son mieux pour ne pas risquer de l'agacer ni de l'irriter. Il m'avait dit : « Le seul Paki que j'ai jamais apprécié, c'était Omar Sharif. » À quoi j'avais répondu : « C'est un peu fort de café de penser qu'Omar Sharif est un Paki mais, ce qui est à peu près certain, c'est que sur les deux, il y avait au moins un gentleman. » Sur le plateau, O'Toole était surnommé Florence d'Arabie.

Je me demande si je ne pourrais pas vous raconter un fantasme qui m'aurait tenté un jour. Ah, oui ! En 2004, j'avais donné une conférence à Amsterdam. Dans un bar, en fin de soirée, une Hollandaise d'une vingtaine d'années m'avait demandé de passer la nuit avec elle avant de m'emmener jusqu'à mon hôtel, assis sur le porte-bagages de son gigantesque vélo noir.

L'année d'après, je retournai à Amsterdam et lui passai un coup de fil. Je l'invitai à me retrouver à l'hôtel. Elle pourrait aussi en profiter pour acheter deux-trois bricoles si elle avait le temps – quelques joints, des champignons hallucinogènes, de la lingerie et du chocolat, si on avait un petit creux. « Autre chose ? » me demanda-t-elle. Je lui dis de venir accompagnée. « Ça marche. À tout à l'heure. »

Si nous étions dans un film, il y aurait un plan serré sur le visage d'Isabella au moment où elle écrit ces lignes sous ma dictée.

Quelques heures après, on frappa à la porte de ma chambre. J'allai ouvrir, tout juste vêtu d'un caleçon et d'une grande chemise : elle était là (nous l'appellerons Iris), avec tout le matériel et une connaissance à elle.

Je terminerai cette histoire plus tard.

18/01/2023

Hier, avant l'heure du déjeuner, on m'a tracté hors de mon lit avant de m'asseoir dans mon fauteuil roulant. Mes deux nouveaux amis, Miss S. et le Maestro, m'attendaient à la porte de ma chambre pour faire un tour.

Ils s'étaient organisés pour qu'une personne équipée des deux jambes nécessaires à la chose me pousse jusqu'au bar de la clinique où nous pourrions profiter d'une vue sur le parc de l'hôpital et sur les moutons en train de paître à flanc de colline au loin.

Une fois là-bas, nous avons commandé des cappuccinos et du gâteau. Comme c'est souvent le cas quand on se retrouve entre malades, nous avons parlé des divers médicaments que nous ingurgitions chaque jour, s'ils étaient utiles ou pas, comment s'en faire prescrire davantage suivant nos besoins.

Le Maestro avait consommé du peyotl à Mexico, dans les règles de l'art. Il avait fait un bad trip au Népal. Il était pilote de course à Los Angeles. J'aime ses histoires.

Je tiens à ce qu'Isabella sache que je suis parfaitement capable de me faire de nouveaux amis. D'ailleurs, quand j'y pense, je me demande depuis combien de temps ça ne m'est pas arrivé de rencontrer quelqu'un que j'apprécie et qui m'apprécie à égalité. Au cours de ces cinq dernières années, j'ai surtout vu de vieux amis et les gens de ma famille. J'ai l'impression que je ne me suis jamais dit qu'il serait intéressant de rencontrer de nouvelles personnes.

Ce matin, je me suis réveillé en me faisant la réflexion que ma vie d'avant était particulièrement insipide. Je me demande si c'était la répétition à l'identique qui me plaisait ou si c'est juste que j'étais devenu paresseux. L'ennui y est pour beaucoup. De nombreux écrivains, de Kafka jusqu'à Beckett, en avaient fait leur sujet de prédilection. Je me demandais si l'on pourrait décrire Dickens comme l'écrivain des gens ennuyeux. Mais, en fait, ses personnages pleins d'ennui ne sont pas ennuyeux du tout ; ce sont des idiots, des crétins, des personnages grotesques et intrigants. À mes yeux, l'écrivain qui a fait de l'ennui et des personnages ennuyeux sa spécialité, c'est Tchekhov, qui a même été assez culotté pour écrire une nouvelle intitulée « Une morne histoire ».

Il y a des raseurs dans toutes ses pièces, il ne nous en épargne aucun détail. Tel individu, nous explique-t-il, m'a presque réduit aux dernières extrémités sous le poids de ses phrases interminables et, maintenant, sur scène, alors que vous payez pour regarder ce spectacle, je vais vous infliger le même ennui.

Quel professeur d'écriture oserait recommander à un jeune écrivain de concevoir, en toute connaissance de cause, les personnages les plus assommants qui soient ?

J'en ai parlé avec mes deux nouveaux amis qui étaient d'accord pour dire que les gens barbants peuvent avoir énormément de succès, surtout quand ils sont chefs.

Ma mère était la personne la plus assommante que j'aie jamais connue. Quand j'étais enfant, je n'ai pas eu d'autre choix que de passer avec elle un nombre incalculable de secondes, de minutes, d'heures et d'années. Elle ne trouvait aucun intérêt à charmer ou à divertir qui que ce soit – moi encore moins.

Elle n'était pas méchante, ni cruelle, ni dépourvue de compassion. De fait, elle pouvait être aimable et charitable ; et, d'ailleurs, pendant des années, elle a travaillé une fois par semaine au magasin d'Oxfam de Bromley High Street. Mais ce qu'elle voulait, c'était restreindre son environnement à une forme extrême d'inertie où rien ne vivrait, rien ne s'épanouirait. Elle employait des formules toutes faites. À vrai dire, elle ne parlait qu'avec des formules toutes faites ; c'était comme si elle lisait la bande d'un téléscripteur bourré de platitudes.

Harold Pinter utilisait de nombreux clichés afin de créer des effets théâtraux puissants mais, en ce qui concerne ma pauvre mère, c'était son seul moyen de communication. Elle devait se sentir morte. Elle avait envie d'être morte et elle nous faisait comprendre, on ne peut plus clairement, que c'était ainsi qu'elle se sentait.

J'imagine que c'est ce qu'on appelle une dépression. Dans ses moments les plus gais, elle se décrivait comme quelqu'un de placide.

Mon père était un homme instruit, spirituel, cultivé. Il gagnait sa vie et se chargeait de la plupart des tâches ménagères. Il avait beau être un père musulman, c'était un pro de l'aspirateur. Et il faisait les poussières.

Il dit à plusieurs reprises dans son journal, que je relisais récemment, qu'il aimait ma mère même s'il la trouvait frustrante et rigide. Mais il n'a jamais songé à la quitter ou à rencontrer quelqu'un qui aurait eu un tempérament plus agréable.

Je me demande si d'autres parents laissent leurs enfants aussi perplexes face à leur mariage. Quand j'étais gamin, mon père était mon héros et il l'est encore. Il y a quelque temps, avant mon accident, j'avais commencé à me dire que je devenais comme ma mère.

Elle avait une amie de toujours mais a réussi à transformer cette amitié en une pénible querelle. Aimer les autres était quelque chose qu'elle ne supportait pas.

Si l'on se met à aimer les gens, s'il y a de l'excitation, il pourrait se produire n'importe quoi. Et où cela mènerait-il ensuite ? Toute sa vie, elle a été effrayée, terrifiée.

Dans mes fictions, j'ai essayé à plusieurs reprises d'en faire un personnage mais, à chaque fois, celui-ci finissait par être trop intéressant ou je lui insufflais trop de vitalité. Pour la cerner au mieux, il aurait fallu que je m'applique davantage quand j'écrivais. Il aurait fallu plus de rigueur tchekhovienne.

Je me suis pris un coup terrible en pleine figure et je vis maintenant dans une autre réalité. Miss S. disait ce matin que l'hôpital est souvent synonyme de douleur et d'ennui mais que, la plupart du temps, c'est un lieu étonnant.

Il y a trente ans, mon analyste m'avait recommandé de dire tout ce qui me passait par la tête. Telle était la règle de l'analyse mais on pourrait l'appliquer à la vie de tous les jours. Il disait que l'on ne sait jamais comment l'autre va réagir, qu'il pourrait nous surprendre à tout moment. Ma mère n'a jamais eu envie d'être surprise. Alors que moi, aujourd'hui, je n'ai envie que de ça.

19/01/2023

Hier, une catastrophe s'est produite. Nous avions écrit une dépêche à mettre en ligne mais nous avons tout perdu dans l'éther de l'Internet. Je suis certain que tout le monde a déjà fait ce genre d'expérience. Le travail de dictée est fatigant, il y a eu des larmes et des récriminations quand j'ai accusé Isabella de faire sa Bette Davis. Elle m'a répondu que je réagissais comme si, moi, Marcel Proust, je venais de rédiger *À la recherche du temps perdu* sur un rouleau de papier toilette avec lequel un giton se serait essuyé les fesses.

Ce matin, Miss S. et le Maestro sont arrivés dans ma chambre pour notre virée au bar mais l'infirmier m'a dit qu'il était occupé et qu'il ne pourrait pas m'y emmener.

Donc, Miss S. s'est mise derrière moi, le Maestro s'est mis derrière elle, et tous deux, emboîtés dans ce train de fauteuils roulants, m'ont poussé ainsi jusqu'au bar où nous avons commandé une boisson italienne parfumée à l'orange appelée Crodino et une pizza blanche.

Quand j'étais jeune, je m'étais promis que je ne boirais jamais rien d'orange mais j'ai particulièrement apprécié le Crodino, dont le goût rappelle un peu le Lucozade. Comme vous pouvez le constater, je suis devenu un homme aux principes flexibles.

La bonne nouvelle, c'est que j'ai un nouveau matelas. Apparemment, il suscite une certaine envie dans les autres services car ces modèles confortables sont difficiles à obtenir. Les gens pensent que je me comporte comme un VIP du fait que je tiens en ligne une chronique de ma vie à l'hôpital et que je vais au bar.

Je peux vous assurer que j'ai maintenant l'impression d'être allongé entre les seins de Jayne Mansfield et que je n'y renoncerai pour rien au monde. Quand je ne peux pas y être, j'ai une douleur atroce qui me transperce le cul, où que je m'assoie. Et, franchement, il n'y a rien de plus chiant qu'un mal de cul.

Ce matin, l'infirmier qui faisait ma toilette chantait une chanson d'ABBA qui s'intitule « Fernando ». En plein couplet, il s'est retrouvé avec de la merde sur les doigts et m'a dit : « Ah, je sentais que ça allait arriver – j'ai le nez pour ce genre de truc. » Puis, il s'est remis à chanter.

Quand je suis allé à la salle de sport cet après-midi-là et que j'ai vu tous ces patients dont le corps brisé ou difforme était manipulé, caressé par les kinésithérapeutes, quelque chose en moi s'est mis à changer.

Je me suis dit, si l'on passe son temps à regarder les journaux et les émissions à la télé, on aura l'impression que le monde est un endroit horrible, peuplé de criminels narcissiques et cupides. Mais, quand on découvre le travail collectif à l'œuvre dans cette salle de rééducation, on voit un lieu de beauté, de collaboration et de respect.

Nombre des patients avec qui j'ai discuté ont conscience que ceux qui vivent à l'extérieur sont choqués, voire effrayés, par ceux qui sont handicapés. C'est comme si avoir un handicap, c'était contagieux, ce qui est le cas.

La plupart d'entre nous, à un moment ou un autre de la vie, devrons affronter un problème de santé cataclysmique qui fera de nous des gens isolés, apeurés. Nous voulons croire que nous vivons dans un monde de bien portants qui fonctionnent bien, puisque nous sommes convaincus qu'il existe un modèle d'être humain efficace. Mais c'est une illusion trompeuse, une idéologie mensongère. Cela signifie que nous ne remarquons pas toujours les handicapés, de même que, dans d'autres circonstances, nous ne voyons pas les gens de couleur ou les personnes queers. Nous devrions abandonner cette perception normée du monde pour lui préférer une approche plus complexe, qui inclurait davantage d'*individus.*

*

Le psychanalyste hongrois Sándor Ferenczi a écrit un article sur des enfants doués ayant subi un traumatisme. Ce choc, d'après lui, va déclencher une accélération de leur maturation car chaque enfant va devoir se développer au plus vite pour saisir cette nouvelle horreur et s'organiser en conséquence.

Je me rends compte que ceci s'applique à ma vie ; à l'adolescence, j'ai été tellement traumatisé par le racisme et les embûches tout au long de ma scolarité que je me suis mis à lire et à écrire à un rythme incroyable. On pourrait dire que le traumatisme m'a sauvé en faisant de moi un écrivain. Il se passe quelque chose de semblable en ce moment : je cherche une façon de m'accommoder du choc de l'accident par le biais de ce texte que je suis en train de dicter.

21/01/2023

Après l'incident du poisson, je suis devenu plus spécialiste de la manœuvre de Heimlich que de l'art du cunnilingus. Ce n'est pas parce que vous avez une infirmité grave que vous n'avez plus de pensées sexuelles. Il est même possible que vous ayez plus de temps à y consacrer.

Peut-être qu'au bout du compte, je serais capable de faire un petit cunnilingus tout léger ; j'espère. Mais, pour l'instant, je suis un homme désespéré qui tente d'ouvrir un sachet de noix de cajou avec les dents et un mur en briques contre lequel le coincer.

Je ne peux pas m'empêcher d'envier les êtres sexués qui ont toute la maîtrise de leur corps, et l'envie est une force qui motive. Je me souviens qu'enfant, j'étais jaloux de ceux qui étaient meilleurs au football et qui remportaient des victoires avec le Crystal Palace et le Millwall.

Quand j'avais environ quatorze ans, la mère de mon meilleur ami avait offert à son fils, dans un geste ultime, une guitare acoustique en lui intimant « d'en faire quelque chose ». J'imagine qu'elle se disait que, si le gamin n'était bon à rien d'autre, il pourrait au moins trouver sa place dans l'un de ces horribles groupes où des gens sans aucun talent finissent riches et célèbres.

J'ai appris à jouer de la guitare à peu près à la même époque. Je m'entraînais beaucoup chez moi et je lisais des manuels. Quand, avec cet ami, nous avons décidé de monter un groupe qui s'appelait les *Orange Socks*, j'ai vite compris qu'il était déjà bien meilleur guitariste que je ne le serais jamais.

Que faire dans ces conditions ? Laisser tomber ou insister ? J'ai eu la sagesse de choisir la première option. Je l'enviais un peu mais ça ne me menait nulle part.

Dans la foulée de l'adolescence, j'ai connu d'autres manifestations d'envie. J'enviais ceux qui savaient raconter de bonnes blagues. J'enviais les garçons qui réussissaient à parler aux femmes sans se faire dessus. Et j'enviais les élèves qui étaient bons en maths et en sciences, même si je les trouvais barbants et dépourvus de vraie vie.

Malgré tout, et j'en fus le premier surpris, je persistai à chercher le domaine où je serais meilleur que les autres. J'ai finalement trouvé quelque chose où j'étais plus que moyennement bon : l'écriture. Et je continue à pouvoir écrire aisément, jusqu'à un certain point. C'est un talent qu'il faut pratiquer quotidiennement, comme pour un danseur ou un sportif, mais à l'origine, c'est un don, si bien qu'il est difficile d'expliquer d'où il vient. Personne ne sait dire pourquoi untel est un artiste brillant tandis que tel autre, doté de la même intelligence, n'a aucune imagination.

On pourrait se dire qu'à mon âge, je serais débarrassé de cette maladie de l'envie. Mais quand, ce matin, au bar de l'hôpital, mes deux nouveaux amis essayaient de m'enseigner les règles du backgammon, il m'a bien fallu reconnaître que je me trouvais face à une nouvelle version de ce sentiment.

J'envie ceux qui peuvent se gratter le nez tout seuls. J'envie ceux qui font leurs lacets tout seuls. J'envie ceux qui peuvent porter une tasse de café à leurs lèvres. Regardant un homme faire signe à sa femme, je n'en revenais pas qu'il ne voie pas combien ce geste est étonnamment compliqué. J'envie tous ceux qui ont l'usage de leurs mains.

Hier, à la rééducation, mon kinésithérapeute a posé ma main droite en forme de serres sur ma joue. C'était horrible de sentir cette chose amorphe, comme si la main d'un homme mort m'était tombée sur la figure. Elle me semblait froide, inerte. Miss S. affirme qu'il faut que je renonce à m'apitoyer sur mon sort. Si je continue à réaliser correctement tous mes exercices, en un rien de temps, je pourrai héler les taxis à Londres et faire des doigts d'honneur à mes ennemis. Dans l'immédiat, ma main droite a plus de tonus que la gauche, qui reste totalement engourdie et pleine de fourmillements – comme si on avait coupé la connexion.

Ce que j'aimerais vraiment – ce à quoi j'aspire, ce dont je rêve –, ce serait prendre un stylo-plume entre mes doigts et tracer un trait sur une page ; écrire mon nom à l'encre violette. Telle est mon ambition.

22/01/2023

Il n'y a pas que des inconvénients à être tétraplégique. Au moment où j'écris ces lignes, on me fait un soin des pieds tandis que je mange du caviar avec une petite cuillère en plastique et qu'Isabella me chatouille le menton. Je viens de la demander en mariage. « Barkis veut bien.[1] »

Alors qu'elle feint de réfléchir à ma question (à ma grande surprise, ainsi qu'à celle de la plupart de mes amis, qui trouvent que je ne suis pas franchement un bon parti, voire que je suis carrément une mauvaise pioche, au point qu'ils m'avaient conseillé de ne pas faire ma demande tant que je serais dans cet état), elle finit par me dire oui et éclate de rire.

1. Renvoie à la tournure énigmatique du personnage du voiturier dans le roman *David Copperfield* (1850) : M. Barkis fait sa demande en mariage à Peggotty par l'entremise du jeune David, porteur d'une phrase elliptique dont il ignore la signification. Cette citation est devenue une expression idiomatique qui désigne avec humour une personne amoureuse qui aimerait faire une demande en mariage à l'élu·e de son cœur. Charles Dickens, *David Copperfield*, traduction de l'anglais par Paul Lorain, Le Livre de poche, 2001 (*N.d.T.*).

Isabella et moi nous sommes rencontrés pour la première fois au milieu des années 1990 quand mon roman *Intimité* sortait chez Bompiani, la maison d'édition italienne qui m'a toujours publié. Elle était mon agente publicitaire et, à ce titre, assistait avec moi à de nombreux festivals et soirées organisés par le British Council à Rome. C'était une époque bucolique très agréable. J'avais de l'argent, du succès et mes livres marchaient bien. De déjeuners en verres partagés ici et là, j'appréciais de plus en plus sa compagnie. Son père, universitaire, traducteur, critique de théâtre, fervent supporteur de la Roma et homme charmant, était devenu un bon ami. J'ai découvert l'histoire de sa famille : sa grand-mère paternelle, Suso Cecchi D'Amico, était une scénariste prolifique ; elle avait travaillé avec De Sica pour *Le Voleur de bicyclette*, avec Visconti pour *Rocco et ses frères* et *Le Léopard*, entre autres. En 2010, nous étions à Milan et, alors que nous bavardions dans ma chambre d'hôtel, je lui ai demandé si elle voulait bien sortir avec moi. Puis, nous nous sommes mis en couple et, trois ans plus tard, elle emménageait à Londres, où nous avons commencé à vivre ensemble.

Ayant grandi dans les années 1960, je n'avais jamais eu d'aspiration particulière pour le mariage. Mais j'ai changé d'avis. Si je me sors de cette histoire, j'aimerais officialiser notre amour.

Et, donc, pendant ce temps, je profite de la première pédicure de ma vie. Celui qui est installé au bout de mon lit porte un bandeau, un peu comme sur un casque de mineur, auquel il a fixé une petite lampe frontale très brillante.

De là où je le vois, armé de sa machine ronronnante et protégé par des lunettes couvertes de poussière de pieds, il ressemble à l'un de ces hommes qui nettoient l'intérieur des dépotoirs nucléaires.

Dans la salle de sport aujourd'hui, quelqu'un a essayé de me vendre un cheval. Il m'en a montré une photo. Je peux affirmer que l'animal était très beau. Mais j'ai dû expliquer que mon jardin à Londres n'était pas assez grand. Comme vous, je me demandais si ce patient s'était retrouvé paralysé après avoir reçu dans le dos une ruade du cheval en question. Mais, ici, il y a une sorte de code de bonnes manières à respecter s'agissant des blessures des autres. Il faut déjà bien se connaître pour poser des questions sur nos accidents respectifs.

Mon kinésithérapeute me soulève de mon fauteuil et m'allonge sur une table de massage. Il commence par s'occuper de mes bras et de mes jambes, il les étend, les fait bouger pour évaluer l'amplitude de mouvement qu'il peut en attendre. Pendant qu'il les étire, il m'explique que la grande majorité des patients les plus jeunes sont là à cause d'un accident de moto. Les transports en commun à Rome n'étant pas pratiques du tout, le meilleur moyen pour les jeunes de se déplacer, c'est d'utiliser ces engins, ce qui est passablement dangereux car les routes, comme tout ce qui est du ressort des services publics, sont criblées de nids-de-poule.

Je sais que l'on prend soin de moi dans cet hôpital mais j'ai l'impression de vivre sous un régime dictatorial. Bien sûr, les gens qui travaillent ici ne sont pas tyranniques. Non, ce que je veux dire, c'est que mon corps est sans cesse envahi : quelqu'un entre dans ma chambre pour me piquer le bras tandis qu'un autre infirmier m'insère une aiguille dans l'estomac avant qu'on m'enfonce un tuyau dans le rectum. On m'a aussi fait deux injections de cortisone dans le dos, ce qui peut expliquer pourquoi je suis d'aussi bonne humeur.

Puis, on pousse mon lit jusque dans une pièce à l'autre bout de l'hôpital où un homme me frappe la tête vingt fois avec une grande raquette de ping-pong magnétique : c'est pour mon bien. J'ai l'impression d'être Jack Nicholson à la fin de *Vol au-dessus d'un nid de coucou*, quand il se tord de désespoir et d'impuissance.

On m'a dit que la natation – l'hydrothérapie – pourrait être bénéfique. Je suis dans la salle de sport, allongé en maillot de bain sur une table de massage, et, tandis que mon kiné Fabio me fait faire des étirements, une infirmière arrive. Elle tire le rideau en plastique autour de nous pour préserver mon intimité, enfile des gants en caoutchouc et me fait un toucher rectal pour vérifier, je la cite, que je suis assez propre pour aller dans la piscine. Après qu'elle a examiné son doigt, j'ai son feu vert, et elle m'insère alors un plug anal dans le rectum pour éviter les fuites. C'est le protocole à chaque fois que je fais une séance de piscine. Les deux suivantes, on estime que je ne suis pas assez propre : je suis totalement excédé. Au bout d'un moment, fatigué de subir ces explorations de mon arrière-train, je les informe que je ne souhaite plus faire d'hydrothérapie et la question est close.

Je me sens particulièrement élégant aujourd'hui. Je porte mes nouvelles chaussettes blanches Snoopy, mon pantalon de sport noir Uniqlo ; en haut, j'ai un tee-shirt rayé « Picasso » à manches longues et, par-dessus, un sweat à capuche écru Gap.

Sur la tête, on m'a mis un bonnet en laine ocre. Quand je m'aperçois dans le miroir, j'ai le même sursaut d'enthousiasme et de déception que n'importe quel adolescent.

J'ai beaucoup réfléchi à mon look, ce qui est pour le moins étrange car, des épaules jusqu'à la tête, avec ce visage mal rasé surmonté de cheveux hirsutes, je ressemble à un homme qui vient de sortir en courant d'un bâtiment en feu – sa maison, en l'occurrence.

Le soir, là où j'habitais dans le milieu des années 1960, je regardais mon père qui sortait ses vêtements du lendemain. Je l'aidais à décider de son choix de chemise, de cravate ou de costume. L'époque était « stylée » et mon père était fier de son apparence ; il mettait des heures à se préparer.

Conscient de la période psychédélique dans laquelle nous vivions, et avec l'argent de mes livraisons quotidiennes de journaux, j'achetais des fringues colorées bon marché susceptibles de coller à mes diverses identifications. Nous avions tous un look, de nombreux clans cohabitaient dans les banlieues sud de Londres : mods, rockers, hippies, Teds, et d'autres. Le choix de tel point de couture était un signifiant conçu pour se distinguer. Je portais les débardeurs teints à la main de mon grand-père, les petites vestes indiennes à sequins de mon père, ses mocassins et j'avais aussi dégoté des pantalons pattes d'eph en velours dans Bromley High Street. Par la suite, je ne me suis jamais désintéressé de mon apparence ;

quel que soit l'endroit, quelle que soit l'activité, j'avais envie d'être quelqu'un.

Et, donc, ce matin, allongé sur le dos dans la salle de sport, je songeais à l'ensemble que je pourrais mettre, celui qu'Isabella ira m'acheter dans les rues de Rome.

Alors que je me prépare à ma vie d'homme marié, je me demande quelle teinte utiliser pour vernir mes ongles. Celles que j'ai pu suggérer – incluant les couleurs de mon équipe, Manchester United – ont été accueillies par le fou rire contenu d'Isabella.

Ici, à l'hôpital, je suis regardé par de nombreuses femmes – infirmières, docteures, patientes, visiteuses. Mais, comme la plupart portent des masques, je ne peux qu'observer leurs yeux, leurs cheveux et leurs sourcils. Je dois l'avouer, j'ai acquis une connaissance approfondie et détaillée du sourcil italien. Chaque sourcil est, bien sûr, une histoire à lui seul, une œuvre d'art à part entière. L'une des infirmières, Roberta – qui a travaillé un temps pour le cinéma comme coiffeuse et maquilleuse –, m'a dit que les sourcils sont les traits du visage les plus importants.

Elle a ajouté : les spectateurs ne le remarquent peut-être pas mais les sourcils du méchant dans un film sont un objet d'attention tout particulier puisqu'ils doivent signaler qu'on a affaire à « un mauvais ».

Je devrais aussi souligner que les hommes en Italie attachent un soin extrême à leurs sourcils, ce que je n'ai jamais noté en Grande-Bretagne. Nous sommes plus primitifs, sauf quand il s'agit de séries de soaps britanniques, où il semble que les sourcils mâles soient scrutés en permanence.

Les femmes italiennes prennent énormément soin d'elles. Tout ce qui touche à leur apparence est impeccable, réfléchi, et celles qui ne sont pas en uniforme de travail – qui viennent rendre visite à quelqu'un – respirent une confiance pleine de classe avec leurs couleurs vives et contrastées.

En ce qui me concerne – s'il s'agit de savoir qui je suis et qui j'aimerais devenir –, j'aurais envie de retourner à la fin des années 1960 et au début des années 1970, cette époque où je devenais adulte. J'imagine que la plupart des gens, quel que soit leur âge, portent les vêtements de leur jeunesse. C'est ainsi que je me vois, avec le volume à fond dans les oreilles et une magnifique couche de vernis sur les orteils. Mais, d'abord, il me faut rentrer chez moi.

30/01/2023

Étant jeune, j'adorais regarder les photos des écrivains que j'admirais : Henry Miller, Raymond Chandler, Jean Rhys, Dashiell Hammett, Anaïs Nin, Simone de Beauvoir. Mais, question littérature et élégance vestimentaire, mon préféré, c'était Graham Greene.

Pour être honnête, il n'y a aucune raison qu'un écrivain présente bien. Quand on travaille, personne n'a besoin de savoir à quoi nous ressemblons, assis en pyjama dans une petite pièce, rivés au clavier. Et quand nous ne sommes pas en train d'écrire, il vaut mieux que l'on s'efface dans le décor puisque nous sommes des observateurs et non des stars de cinéma.

Justement, à propos de films et de stars de cinéma.

Billy Wilder, Bogart, City of Night, The Doors, Sunset Strip. Premier voyage à Los Angeles après que, à mon grand étonnement – sans parler de celui du réalisateur Stephen Frears –, nous avons été nominés pour un Oscar en 1985, à l'occasion de mon premier film, *My Beautiful Laundrette*.

Avec ma petite amie de l'époque, Sally, nous menions une vie tranquille dans un minuscule appartement d'une pièce loué par une association de logements à bas prix sur Baron Court, dans la partie ouest de Kensington. Elle était assistante sociale, féministe, de gauche et, moi, j'étais le genre arriviste opportuniste qui travaillait en coulisses dans divers théâtres, dont celui du Riverside Studios et du Royal Court. Mais, après, ce furent davantage les réservations au Château Marmont à Hollywood, aussi connu sous le nom de « Hotel California », comme dans la chanson des Eagles. Période de vertige et de plénitude inatteignable.

J'avais déjà écrit le scénario de *Sammy et Rosie s'envoient en l'air*, deuxième film sur lequel j'allais collaborer avec Stephen Frears. À ce moment-là, j'ai un agent à L.A. et je passe des entretiens. On m'offre du travail. Je rencontre plusieurs écrivains britanniques qui ont une activité à Hollywood en tant que professionnels de la réécriture. Certains sont juste embauchés pour réécrire des fins de films. D'autres sont meilleurs pour les débuts. Je me demande qui écrit les milieux.

Malgré le soleil, ces Britanniques me semblent livides, désorientés, agités. Ils gagnent pas mal d'argent, ils se démènent pour accéder toujours à de plus grandes soirées mais je me demande s'ils savent qui ils sont et ce qu'ils font vraiment. En réalité, ce sont des saisonniers à qui l'on confie une mission et qui doivent s'en acquitter.

Je suis contacté par Costa-Gavras, réalisateur grec distingué dont j'admire les films. Il m'invite à déjeuner au Four Seasons puis il m'emmène me promener avec lui le long de Venice Beach où nous regardons des adhérents du Muscle Marys s'entraîner.

Petit à petit, je comprends qu'il est en train de me faire passer une audition pour savoir si je serais susceptible d'écrire le scénario de son prochain long métrage qui se déroulera dans l'Apartheid de l'Afrique du Sud. Mais je n'ai pas envie qu'on m'auditionne. Je n'ai pas nécessairement envie d'écrire ce nouveau film – même si, d'un autre côté, ce serait un honneur. Il travaille toujours avec les meilleurs acteurs.

Mais je ne sais pas ce que je devrais plutôt faire à ce stade et ça m'agace d'être comme ça. Je me sens frustré face à lui, je ne suis pas un mercenaire, je pense que j'ai envie d'être écrivain. J'ai envie d'écrire ce qui deviendra *Le Bouddha de banlieue* mais je ne suis pas certain de comment m'y prendre.

Des années plus tard, mon fils Sachin et moi écrivons un film ensemble, peu de temps après qu'il a fini ses études à l'université. Il s'inspire en partie d'une période où il a travaillé comme chauffeur pour une star du rock. Le projet a bien failli aboutir et, à ma grande joie, Sachin a décidé qu'il voulait devenir scénariste. Dans la foulée, on lui a proposé de travailler sur une série de soap britannique très connue.

Il gagnait bien sa vie et apprenait énormément ; c'était un bon boulot, qui lui permettait d'acquérir en professionnalisme, de devenir quelqu'un qui savait travailler sous pression et qui tenait les délais. Je me suis mis à regarder la série tous les soirs et, même quand il a quitté l'équipe, j'ai continué.

Maintenant que je suis coincé en Italie, ce rendez-vous me manque. Je me demande comment vont les personnages. Le soap est vraiment la forme d'écriture la plus aberrante et la plus artificielle qui soit. Tel jour, il y a un tremblement de terre, le lendemain, c'est un incendie, un meurtre, un bombardement, et ainsi de suite.

Mais il y a quelque chose avec ce genre qui fonctionne bien et qui est addictif. En dépit de toutes ses absurdités, ou grâce à elles, on reconnaît chez les personnages une angoisse qui permet l'identification.

J'en parle ici parce qu'après avoir quitté Los Angeles – quand je suis rentré à Londres sans Oscar mais avec plusieurs propositions de collaboration, dont une participation vraiment bien à *Doctor Who* –, j'ai renoncé à toutes ces offres.

Quel écrivain voulais-je être et comment allais-je le découvrir ? Est-ce que j'avais envie de devenir scénariste ? Après tout, c'est un rôle où l'on est toujours subordonné au réalisateur, au producteur et, même, aux acteurs.

J'imagine que j'ai suivi mon instinct. J'allais écrire en tant que moi, avec *ma* voix. Ce n'est pas parce que Franz Kafka était un écrivain talentueux qu'il aurait été capable d'écrire un bon film de Donald Duck, de même pour Samuel Beckett s'il avait dû travailler avec Billy Wilder.

Je pense qu'à Los Angeles, j'ai compris que j'étais un écrivain britannique et que les questions de race et d'héritage colonial seraient au cœur de mes sujets. Si bien qu'après avoir travaillé sur un autre film, *London Kills Me*, mettant en scène le quartier de Notting Hill en pleine phase de gentrification – qui finirait par devenir un terrain de jeu pour millionnaires –, j'ai bifurqué et j'ai décidé que je ferais mieux d'écrire un roman, en utilisant ma vie comme matrice.

Après tout, Graham Greene, qui avait l'air parfaitement affable où qu'il fût, en Afrique, à Cuba ou à Clapham, a écrit deux très bons films, de nombreux romans, des essais, des nouvelles, autant de textes de grande qualité. J'avais envie d'explorer d'autres formes. Et, à ce moment-là, le roman me convenait parce qu'il ne nécessitait pas de collaborateurs.

J'aimais les voix singulières. Pensez à *David Copperfield*, à *L'Attrape-Cœurs*, à *Portnoy et son complexe*, à *La Cloche de détresse*.

Dans tous ces textes, c'est le point de vue qui fait avancer l'histoire ; vous avez envie de passer du temps avec les personnages, vous aimez leur compagnie et vous les suivrez là où ils veulent vous entraîner, même si vous les trouvez lamentables. Un roman peut être court, long, excentrique, c'est comme on veut. Je décidais de laisser tomber les scénarios et de tenter ma chance. J'ai donc fait mes débuts comme romancier et, après un long détour, j'ai eu envie de revenir sur mes pas.

J'avais beaucoup voyagé avec *My Beautiful Laundrette*, qui m'avait conduit à présenter ce film partout dans le monde et à accorder de nombreux entretiens. Dès que j'arrivais quelque part, j'achetais des livres écrits dans les années 1960 jusqu'au milieu de la décennie 1970.

C'étaient surtout des ouvrages qui parlaient de thérapies de groupe : taoïsme, zen, l'Institut Esalen en

Californie, Fritz Perls, sa théorie de la Gestalt, et d'autres formes vaguement hippies de transformation de soi.

Le Zen dans l'art chevaleresque du tir à l'arc est un ouvrage qui a eu une influence particulière sur moi. Tout a commencé avec l'intérêt de mon père pour le bouddhisme, que j'utiliserais plus tard comme matériau pour le personnage du père dans *Le Bouddha de banlieue*. Alors que je m'apprêtais à écrire ce roman, j'avais aussi envie de me libérer de mes peurs et autres inhibitions adolescentes.

Je trouvais que j'étais quelqu'un de tendu, pour ne pas dire coincé, refoulé. Je prenais la parole sur scène mais j'avais du mal à me livrer aux autres. En banlieue, là où j'avais été élevé, le silence, voire la timidité, était une vertu.

J'avais envie d'avoir une voix plus libre, un peu comme celle de Henry Miller, avec laquelle j'écrirais les mots qui restaient bloqués, enrayés dans ma tête. Je me demandais si cette partie inhibée de mon individu ne recèlerait pas certaines de mes idées les plus intéressantes.

À l'origine, j'avais commencé par écrire *Le Bouddha de banlieue* à la troisième personne – *il a fait ceci, il a fait cela*. Mais ça ne marchait pas et j'ai galéré pendant un moment. Mais, quand je l'ai passé à la première personne, le texte a décollé, il s'est mis à devenir plus vivant, plus authentique.

J'ai pris des idées à de vraies personnes, des bouts ici et là mais, dans un roman, la majorité des personnages sont la résultante de plusieurs sources et, en fin de course, tout devient fiction. Il y a des choses qui sont vraiment arrivées à des gens que je connaissais : le jour où Karim va voir Helen chez elle, le père qui lâche son chien sur lui, la fuite et l'escalade de la grille avec le sperme du molosse collé au jean – ça s'est passé exactement comme je l'ai décrit et, sur le moment, ce n'était pas franchement drôle. Je conseille toujours à mes étudiants d'écrire aussi librement que possible, en empruntant ce qu'ils veulent à la vraie vie. Ensuite, ils peuvent modifier tels éléments de contexte de façon à ce qu'on ne les reconnaisse pas ; c'est facile. Quand vous écrivez un roman, l'objectif principal, c'est de régaler le lecteur : c'est la seule chose qui doive guider votre travail.

Le Bouddha est une sorte de récit picaresque : la narration ne suit pas une histoire, elle saute plutôt d'un incident à un autre au fur et à mesure que le personnage évolue et mûrit.

J'avais bien conscience à l'époque que c'était le premier roman qui parlait de quelqu'un comme moi. On avait écrit plein de romans *d'entrée dans l'âge adulte* depuis la guerre mais, bizarrement, personne en Grande-Bretagne n'avait jamais rien écrit sur ceux qui venaient d'Asie. Au cours des décennies précédentes, le pays s'était transformé grâce à des gens comme mon père et à d'autres immigrés issus des Caraïbes, du Bangladesh et d'Inde. Ils étaient arrivés là, s'étaient installés, avaient eu des enfants, dont certains étaient métissés, comme moi. Mais leurs histoires n'avaient pas encore été racontées. La démographie avait changé et, avec elle, des questions sociales cruciales avaient émergé ; des villes entières voyaient leur paysage racial et religieux se modifier en profondeur. Des figures politiques comme Enoch Powell avaient commenté cette situation mais il y avait peu de textes de fiction où l'on pouvait découvrir ce qu'étaient la vie de ces immigrés, de leur famille, de leurs enfants, leurs espoirs et leurs ambitions, ce que cela voulait dire de passer d'une ancienne colonie à la mère patrie. J'ai commencé à penser qu'il y avait là des histoires fortes, passionnantes et touchantes qui permettraient d'évoquer cette révolution sociale. J'ai écrit le livre aussi vite que j'ai pu, de peur que quelqu'un qui habiterait juste au bout de la rue soit en train d'en écrire un semblable et me grille au poteau. J'avais déjà lu *Les Enfants de minuit*, remarquable roman de Salman Rushdie, qui avait eu un important retentissement littéraire et qui avait remporté le Booker Prize. C'était un bon ami et un bon exemple à suivre ; il m'avait beaucoup encouragé. Mais il n'écrivait pas sur la Grande-Bretagne à l'époque. J'ai donc saisi mon stylo-plume préféré, le Montblanc, et je me suis lancé…

31/01/2023

Ce n'est pas désagréable d'être ici. Les médecins, les infirmiers et tout le personnel sont attentionnés. La plupart vous regardent dans les yeux et vous font au moins un sourire. Ils savent qu'ils doivent établir un contact sincère avec chaque patient. Ils n'ont pas peur de toucher les corps les plus répugnants, les plus vieux, les plus endommagés. Mais ce qui continue de me désespérer, c'est la perspective que je ne puisse pas emprunter la petite allée qui mène à la porte de chez moi pour l'ouvrir et reprendre le cours de ma vie d'avant – m'allonger sur mon canapé avec un verre de vin devant le championnat de ligue 1. Je trouve incroyablement cruel de ne pas pouvoir faire une chose aussi simple.

Mon accident a eu lieu le lendemain de Noël. C'était quand déjà – il y a à peu près un mois et demi ? C'est un fait insupportable, un caillou si dur et si rond que je ne peux ni l'avaler ni le recracher. C'est comme si j'avais été arrêté dans la rue par quatre policiers qui m'auraient embarqué dans une étrange école – un univers parallèle irrationnel et persécuteur. Il faut que je trouve un moyen d'y survivre, comme on le fait tous quand on est enfant. Je dois me faire des amis ; il me faut comprendre comment ce système fonctionne.

J'ai envie d'être un bon patient, que l'on me voie comme un homme poli et respectable. J'ai envie de demander le nom de tout le monde, de connaître leur histoire et les raisons qui les ont amenés à choisir cette profession. Mais, à d'autres moments, je suis trop fatigué pour m'adonner à cette comédie.

Je parlais récemment au téléphone avec un ami que je connais depuis l'école, David de Bromley. Je lui ai posé cette question incontournable : « Pourquoi moi ? » Il m'a répondu : « Pourquoi pas toi ? Pourquoi est-ce que tu t'imagines que ça pourrait ne pas être toi ? »

Son frère s'est tué dans un accident de moto ; David aussi a failli mourir dans un accident du même type, il avait dix-huit ans et s'était retrouvé à deux doigts de la mort.

Nous sommes beaucoup à croire qu'un jour, on nous reconnaîtra pour nos qualités exceptionnelles mais Kafka souligne que l'on nous remarquera peut-être pour notre côté ordinaire, du fait que nous ne sommes guère plus que rien dans l'univers, même si nous sommes importants les uns pour les autres, quand nous avons cette chance. Le jour où la mort vous regarde en face, cela peut vous conduire à vous sentir moins inhibé que vous ne l'avez jamais été.

Ce n'est pas difficile de partager des choses intimes avec des inconnus. Je me souviens de Neil Kinnock, ancien dirigeant du Parti travailliste, à la fin des années 1980. C'était un homme charmant et intelligent, qui m'avait appris à demander à n'importe qui d'où ils venaient, où ils habitaient, qui étaient leurs parents – afin de cerner la personne en moins de dix minutes. Quelques questions directes peuvent parfois créer des liens entre les individus ainsi que cette illusion que l'on se connaît. C'est facile. Trop facile si vous vous dites que c'est une forme de séduction. Les gens sont plus enclins qu'on ne le pense à vous parler d'eux. Ils ont envie qu'on les connaisse et qu'on les reconnaisse. C'est le fondement de la psychanalyse : trouver les questions qui vont déclencher une réaction en chaîne d'associations libres.

Mon père disait toujours que, pour écrire un article pour tel journal, il fallait en passer par les rudiments du *qui, quoi, quand, où, pourquoi*. Ces questions fondamentales sont aussi le socle de la fiction. Il faut interroger les personnages – ils doivent habiter un monde identifiable.

La nuit dernière a été mauvaise. J'ai eu une sorte de bras de fer vers deux heures du matin avec un infirmier. Je voulais d'autres somnifères mais il avait décrété que j'en avais déjà pris assez.

Bien sûr, j'ai mes réserves à l'appartement d'Isabella – antihistaminiques, témazépam, bêtabloquants, cannabis – mais je n'y ai pas accès. Si j'en prenais plusieurs en une seule fois, je pourrais m'enflammer d'un coup, comme une torchère.

L'infirmier me proposa de rester tranquillement allongé, les yeux clos. Cela semblait être un conseil de bon aloi. J'ai essayé de l'appliquer pendant deux ou trois heures mais les idées s'enchaînaient de plus en plus vite. Depuis l'accident, j'ai l'impression que je travaille plus dur, que j'écris plus que je ne l'ai fait ces dernières années, avec plus de détermination et de férocité aussi.

Mes pensées m'entraînent fréquemment vers mon enfance. Après ma naissance dans les années 1950, j'ai grandi dans une petite maison, confortable néanmoins ; il y avait un grand jardin où je jouais au cricket avec mon père, fils d'une famille connue de Bombay où l'on pratiquait ce sport. Je tiens mon prénom du célèbre batteur d'ouverture pakistanais, Hanif Mohammad, dont la puissance de concentration était apparemment impressionnante : il pouvait jouer trois jours sans discontinuer et, une fois, il avait réussi à marquer 499 runs dans un match de première classe.

La plupart des hommes du quartier avaient des boulots, plus que des carrières ou des professions. Même si certains étaient enseignants, fonctionnaires ou avocats. Celui qui vivait juste en face de chez nous, dans la même impasse, travaillait comme imprimeur à Fleet Street. À côté de lui, il y avait un mécanicien, surnommé Motorbike Bill. Et, plus loin dans la rue, il y avait un autre homme qui vendait de la nourriture pour oiseaux. Autour de nous, beaucoup de gens prenaient le train de banlieue, comme mon père. Vers six heures et demie le matin, alors que je me préparais pour ma tournée, j'entendais mon père qui faisait sa toilette. Il se rasait deux fois coup sur coup et enfilait son costume. Puis, il s'asseyait devant sa machine à écrire et travaillait à un roman qui racontait l'enfance privilégiée qu'il avait eue à Bombay. Il avait onze frères et sœurs. Son père était colonel et médecin dans l'armée britannique. Dans la famille, on détestait le colonialisme mais pas les

Britanniques, parmi lesquels nous comptions beaucoup d'amis.

Papa terminait sa séance d'écriture, préparait sa mallette et se mettait en route pour prendre son bus. Il s'arrêtait à la gare de Bromley Sud, où il prenait un train direct jusqu'à Victoria. De là, il marchait jusqu'au bâtiment du Haut-Commissariat pakistanais à Lowndes Square, dans le quartier de Knightsbridge. À l'époque, dans les années 1960, les Pakistanais étaient nombreux à venir au Royaume-Uni et certains d'entre eux travaillaient quelque temps à l'ambassade ; c'est à partir de là que j'ai commencé à entendre des histoires fascinantes de transformation multiraciale. Des histoires de racisme et de difficultés variées, mais aussi des histoires de mariages arrangés, de restaurants indiens, d'épiceries de quartier, d'ouvriers d'usine, de familles qui devenaient propriétaires et de nouvelles communautés qu'on voyait apparaître autour de ce que l'on appelait l'Aéroport de Londres, devenu Heathrow.

Le week-end, on rendait visite à des amis qui habitaient dans les bidonvilles de Herne Hill et de Brixton. J'ai entendu des anecdotes dont je me disais que j'aimerais les utiliser pour écrire des fictions : de vrais récits de vraie vie, de changement social et de conflit, qui attendaient d'être racontés. Je savais que, quand j'aurais perfectionné mon talent d'écrivain et affiné ma sensibilité d'être humain, j'y trouverais mon matériau. Je pressentais que j'avais là une occasion en or.

L'une des composantes les plus essentielles de ce qui fait un écrivain, c'est la découverte de son sujet. Que ce soit Clapham pour Graham Greene, ou Paris pour Jean

Rhys et Henry Miller. J'ai rencontré de jeunes écrivains pleins de potentiel qui n'avaient pas encore trouvé ce qui allait faire éclore leur talent.

Mon père avait un travail qui l'ennuyait et qui l'épuisait et, à la fin, c'est plus ou moins ça qui l'a tué. Mais il n'avait pas le choix : c'était lui qui ramenait l'argent pour ma mère, ma sœur et moi. Il voulait que je sois joueur de cricket professionnel, le premier Pakistanais à rentrer dans une équipe britannique. On s'entraînait des heures et des heures dans le jardin. C'était un très bon professeur mais, j'avais beau adorer regarder des matches, je détestais jouer. J'avais peur de la balle, et j'avais encore plus peur que mon père ne se rende compte de ma couardise. J'admirais la bravoure de batteurs pas très grands tels que Rohan Kanhai et Javed Miandad, qui affrontaient les lanceurs les plus rapides sans aucune protection.

Le coup tourné était le préféré de mon père et il me l'a fait répéter un nombre incalculable de fois. Aujourd'hui encore, j'ai des visions de ma tête explosant sous l'impact d'une balle de cricket lancée à cent cinquante kilomètres-heure. Je déteste le cricket désormais, c'est tout juste si je supporte de regarder un match.

05/02/2023

Merde et pisse.

Miss S. et le Maestro me rendent visite et je suis très content de les voir arriver, mais la conversation tourne presque intégralement autour de la question des excréments et des manières de chier.

Ils sont actuellement dans une phase où ils essaient d'aller aux toilettes sans l'aide de personne, ce qui implique de se hisser tout seul de son fauteuil roulant pour s'installer sur la cuvette et retirer sa couche soi-même. C'est une étape décisive dans la vie de certains patients ici.

Mais tous les deux ont eu des expériences désastreuses. Ils se sont retrouvés à déféquer par terre, ce qui n'est pas si rare à ce stade. Le Maestro est stressé, humilié, il se met à pleurer.

Miss S. lui dit de ne pas faire l'idiot, c'est ainsi qu'on avance, on ne peut pas faire de progrès sans connaître aucun échec. Mais le Maestro ne peut s'empêcher de prendre ça mal. Il se retrouve au lit avec une infection. Nous ne le voyons pas pendant plusieurs jours, ce qui nous inquiète. Puis c'est au tour de Miss S. d'attraper une infection, ce qui n'est pas non plus très surprenant dans un hôpital.

Quant à mon arrière-train, vous serez forcément fasciné d'apprendre que j'ai toujours un lavement deux fois par semaine, ce qui reste à la fois douloureux et embarrassant. Quand l'infirmier vient pour m'en administrer un, et parce qu'il ne parle pas anglais, il commence par mimer la chose, en s'accompagnant de gros bruits de pets et d'expulsions diverses et en entrechoquant ses deux poings de façon à ce que je me représente au mieux le processus. Il s'y livre avec une certaine gourmandise et, du fait de sa ressemblance avec l'acteur comique Dario Fo, sa prestation est finalement hilarante ; il n'est pas le dernier à en rire.

Le lendemain, à cause d'un autre incident, je reçois la visite d'un médecin, qui m'appuie sur l'estomac et, pour s'assurer que tout fonctionne bien, m'enfile un doigt dans le rectum. J'ai renommé le trou de mon cul « la Route 66 ». Ce qui fait glousser l'infirmière, qui est devenue une amie : « Va-t'en savoir, tu vas peut-être finir par aimer ça. »

Puis, elle retire mon cathéter. Ce qui pourrait vouloir dire qu'il y a du progrès. Désormais, toutes les quatre heures, un infirmier insère un tuyau dans mon pénis pour évacuer l'urine. La nuit, c'est atroce : en plein sommeil, on se réveille avec une main qui vous saisit les testicules.

Bon, comme dit Isabella, ça suffit maintenant avec la merde et la pisse. Les gens ont-ils vraiment envie d'entendre parler de ça ? Mais c'est la réalité du quotidien de la plupart des patients ici. On a l'impression que l'hôpital contient l'univers dans son entier. J'ai du mal à me dire que, le soir, lorsqu'Isabella s'en va, elle dîne avec sa famille ou des amis. Il existe pourtant un autre monde à l'extérieur, où les gens boivent, rient et se font doigter avec plaisir.

Toutes ces histoires de bite ratatinée me rappellent qu'il faut que je finisse celle de l'orgie d'Amsterdam. Il fut un temps où je n'étais pas hospitalisé et où j'avais même pas mal envie de baiser.

Je fais davantage de kinésithérapie pour accélérer ma remise en forme, ce qui me prend trois heures par jour et me laisse épuisé.

Quand j'étais petit, il était rare qu'on félicite ou qu'on encourage les enfants. La philosophie de l'éducation de cette époque se résumait aux punitions et aux réprimandes – le bâton plutôt que la carotte.

Mon premier jour au collège, notre professeur principal avait fait claquer deux baguettes sur son bureau en nous disant : « Ça, c'est le Petit Kiki et le Gros Kiki. Que ce soit l'un ou l'autre, ils sauront vous trouver si vous ne savez pas tenir votre langue. » J'avais aussitôt perdu le contrôle de mes sphincters, tout comme, j'imagine, plusieurs élèves de la classe. Ce fut le début de *La Terreur.*

Mon père m'avait encouragé à devenir un vrai écrivain mais ni lui ni ma mère ne me félicitaient jamais. Je ne me souviens pas non plus avoir entendu beaucoup de compliments adressés aux enfants que je connaissais à l'école ou dans le quartier. En fait, je savais qu'ils étaient nombreux à recevoir des coups de pied ou des coups de poing de leurs parents. Aller dans le sens de l'enfant serait revenu à le « gâter », comme on disait. Trop de vénération aurait entravé tout progrès, pour finalement liquéfier chaque gamin en délinquant, telle une glace restée au soleil. Cette conviction ne fut pas remise en cause avant les mouvements de la contre-culture à la fin des années 1960, quand les principes d'éducation se mirent à passer des punitions aux encouragements bienveillants, sous l'influence de penseurs comme Donald Winnicott, Bruno Bettelheim, Anna Freud, Carl Rogers et d'autres.

On commençait à parler avec gentillesse aux enfants traumatisés par la guerre, contrairement aux périodes antérieures où on les considérait comme une espèce sauvage qu'il fallait dresser à la respectabilité à coups de trique.

Je ne suis pas favorable à cette illusion contemporaine et néolibérale qui efface les différences et qui raconte aux jeunes que « tout est possible » ou qu'ils « peuvent être ce qu'ils veulent ». Cette sorte d'optimisme cruel, cette association niaise d'illusion et d'idéologie est aussi peu utile que n'importe quelle punition et ça ne mène l'enfant nulle part.

Les étudiants que j'ai en cours d'écriture créative ne sont pas des enfants et la question n'est pas de savoir s'il faut les féliciter ou pas. Mon travail d'enseignant n'est ni de les porter aux nues ni de les décourager mais de leur dire quelque chose qui leur permette de progresser comme écrivains. J'ai envie de les aider à écrire demain ce qu'ils ne réussissaient pas à écrire hier.

Mais, s'ils écrivent quelque chose qui me fait sourire, je leur signale. Après tout, le but de ces cours dit de création, c'est de donner du plaisir à celui qui vous lit et, si les étudiants y parviennent, il faut qu'ils le sachent, parce qu'ils vont travailler dans le show-biz. L'écriture n'est pas un moyen thérapeutique pour l'écrivain, c'est un moyen de distraire le lecteur.

Il est important quand on écrit, ou quand on crée, d'avoir conscience de son public. Il peut s'agir d'une personne, de plusieurs, d'une foule. Ces autres vont orienter votre travail si bien que, lorsque vous relisez vos pages, vous vous demandez si ce que vous avez écrit est clair, si ça a du sens, si vos lecteurs s'ennuient, s'ils sont toujours là ou s'ils ont déjà laissé tomber.

Par exemple, un écrivain doit savoir qu'un roman démarre sur les chapeaux de roues, ça ne sert à rien de passer des pages à préparer les choses, à faire entrer le lecteur tout doucement dans l'histoire. Il faut que le début soit percutant. Ensuite, la narration va créer un rythme, qui ne vous lâchera pas. Quand je lis le travail de mes étudiants, ce que je recherche aussi, c'est un point de vue original – quelqu'un qui voit le monde d'un œil neuf et intéressant, un écrivain qui me réveille et me fasse dire : « Je n'avais jamais envisagé les choses sous cet angle. »

Je ne suis pas un adepte de l'art pour l'art mais je ne suis pas non plus le genre à aimer un art qui serait purement commercial ; les meilleurs artistes, ceux que j'admire – Miles Davis, les Beatles, Hitchcock, etc. – sont justement capables de combiner idées sérieuses et enveloppe commerciale.

Pour en revenir aux louanges et aux critiques, il est bizarre de constater que les écrivains sont plus enclins à croire les commentaires ignobles qu'ils lisent parfois sur leurs textes, surtout quand ils émanent de critiques professionnels, plutôt que les choses gentilles que leur disent leurs amis. Il n'y a aucune raison de penser qu'un jugement négatif a plus de poids qu'une appréciation positive. Bien sûr, qui n'a jamais entendu d'éloges mensongers de la part de proches ? Il est difficile d'évaluer la bonne foi de ceux qui vous sont les plus attachés. Ils veulent nous donner la gnaque et ils ont raison.

Pour autant, quand vous découvrez telle réaction d'amis ou de critiques à propos de votre travail, il faut être à même d'en évaluer la portée et de comprendre si vous avez réussi à entrer en résonance avec un public ou pas.

Si c'est le cas, il faut alors être capable de prendre au sérieux telle ou telle louange pour la garder précieusement, comme une avance utile pour l'avenir, afin de pouvoir continuer. Malheureusement, on se défie des compliments parce qu'ils risqueraient de susciter la convoitise des autres, qui pourraient ainsi nous haïr, ou pire, se sentir humiliés.

Le travail nous libère. C'est notre façon d'apporter notre contribution au monde ; l'art que nous créons est destiné aux gens, pas à nous ; un lien s'instaure. C'est ça l'étincelle de vie, une forme d'amour. Nous devrions être capables de profiter de nos réussites et de nous aimer à la hauteur de ces succès.

*

Cet après-midi, je me suis tenu debout pour la première fois depuis l'accident. J'étais sanglé sur un brancard à roulettes et on m'a incliné jusqu'à ce que je sois bien droit : je faisais plus que ma taille habituelle mais j'étais en position verticale. Je ressentais une telle excitation et une telle fierté que j'étais à deux doigts de m'autocongratuler. Peut-être que je peux enfin m'autoriser un brin d'optimisme, voire une pointe d'éloge.

14/02/2023

Papa était un homme enthousiaste et un père chaleureux. Avec ses frères et sœurs, ayant vécu dans une famille musulmane nombreuse, ils aimaient avoir des enfants dans leur entourage – on est bien d'accord, il y avait souvent des domestiques pour s'en occuper. J'ai grandi à une époque, juste après-guerre, où les hommes, les pères tout du moins, étaient les chefs, les patriarches à la tête de leur famille ; leurs épouses étaient majoritairement femmes au foyer ; quant aux enfants, on attendait d'eux qu'ils soient des enfants, un point c'est tout. Toute cette organisation bien délimitée entre les genres et les générations a commencé à s'effondrer dans les années 1960 et 1970.

Au cours de la décennie passée, il n'y a pas une minute où je ne me suis pas réjoui de la compagnie de mes trois fils, Sachin, Carlo et Kier. Mais, je reconnais que les débuts furent difficiles, parfois même assez affreux, du genre à vous hérisser le poil. J'avais souvent l'impression que j'étais au mauvais endroit, au mauvais moment, avec les mauvaises personnes, comme s'il existait un monde parallèle dans lequel j'aurais dû me trouver. Je suis persuadé qu'il n'y a pas un seul parent qui ne partage ce sentiment. Les gens susceptibles de vous faire sortir de vos gonds ne sont pas ceux que vous haïssez sans plus, mais ceux qui déclenche en vous les conflits intimes les plus violents, au point de vous rendre fous. Freud appelle ambivalence cette alternance d'émotions fortes, qui n'ont rien à voir avec des sentiments mêlés mais tout à voir avec la haine absolue et l'amour absolu, souvent éprouvés simultanément.

Mes deux premiers fils, Sachin et Carlo, sont des jumeaux homozygotes et, un peu comme mon accident, leur arrivée dans ma vie et dans celle de Tracey, avec qui je vivais alors, m'a fait l'effet d'une bombe. J'avais une bonne trentaine d'années et je m'étais toujours imaginé devenir père un jour. Ça ne s'était jamais concrétisé, même si je n'étais pas passé loin à une ou deux reprises. Dans les années 1980, l'égoïsme était le trait de caractère idéal et, putain, c'était le pied.

Du jour où j'ai découvert que Tracey était enceinte de jumeaux, j'ai aussi compris que la paternité, c'était plus catastrophique que merveilleux, ce que les gens vous confirment à propos des débuts, mais aussi du milieu. J'ai ressenti la même chose que pour mon accident : qu'un événement à la fois irréversible et dévastateur s'était produit, qu'il n'y avait aucun moyen de revenir en arrière.

D'une certaine manière, avec Tracey, nous sommes passés de l'autre côté du miroir et, du jour au lendemain, nous nous sommes retrouvés dans un monde où nous n'avions plus un sou en poche, un monde de hurlements en pleine nuit, rempli de couches, encore et toujours. Je me revois en train d'extraire les deux gamins de leurs berceaux à six heures un dimanche matin avant de les habiller à même le sol du salon, déjà jonché de trucs de bébés de toutes sortes, puis de les coller dans la poussette alors qu'ils braillaient à n'en plus finir et de pousser cet énorme char à deux places dans la côte qui menait à Holland Park.

Il avait dû beaucoup pleuvoir cet été-là ; ce qui ne m'avait pas empêché de m'asseoir dans l'herbe humide pendant que les garçons dansaient dans une flaque de boue jusqu'à en être couverts de la tête aux pieds, tandis qu'étaient allongés autour de moi de jeunes fêtards épuisés, tout juste sortis de boîte, venus s'affaler là. C'est avec eux que j'aurais dû être.

Mon premier roman, *Le Bouddha de banlieue*, avait paru quelque dix-huit mois plus tôt. Je travaillais sur le deuxième, *Black Album*, qui était en cours d'écriture ; il y serait question d'un mouvement fondamentalisme islamiste tout neuf et de ses effets néfastes sur une nouvelle génération de jeunes issus de l'immigration, qui se rebellaient face à des parents qu'ils trouvaient trop passifs et démunis. C'est à cette période que je me suis dit pour de vrai qu'il fallait absolument que je devienne un écrivain digne de ce nom, pour que ce métier me permette de gagner ma vie jusqu'à ce que ces petits monstres aient fini leurs études et soient à peu près adultes.

Il m'a fallu attendre quelques années pour commencer à vraiment les apprécier et, entre deux, je me suis retrouvé dans plus d'une situation inconfortable.

Je détestais les emmener aux diverses activités incontournables de l'époque – karaté, foot, natation –, qui m'obligeaient à patienter des heures en compagnie des parents des autres mômes, que je trouvais barbants au possible, surtout le père de Simon, un gestionnaire de portefeuille passablement idiot.

Je traînais mollement des pieds ; j'avais toujours envie d'être ailleurs, mais où ? Pour faire quoi ? Et quand je n'étais pas à m'occuper des garçons, je me sentais on ne peut plus coupable. Mais je n'avais pas d'autre choix que d'en prendre l'habitude et d'assumer cette culpabilité. J'avais passé un paquet d'années à faire ce que je voulais quand je voulais et j'imagine que j'étais devenu quelqu'un de pourri gâté, arrogant, qui croyait avoir tous les droits.

Je dois le reconnaître, dans le monde des enfants, où l'on est juste un parent incompétent parmi d'autres, je me sentais frustré, dépossédé. Mais, voilà, il fallait que je m'adapte à la réalité comme n'importe qui ; et, la mine pitoyable et renfrognée, j'en faisais tout un plat.

J'ai retenté l'expérience avec mon troisième fils, Kier. Je m'étais séparé de Tracey quand les jumeaux avaient deux ans. Mais cette fois, j'étais décidé à tenir le coup et j'ai vécu avec sa mère jusqu'à ce qu'il ait quinze ans.

Ma barbe a déjà bien poussé. À l'hôpital, je suis rasé par Diego, un infirmier supporteur de la Lazio qui parle à peine anglais mais qui m'a sauvé la vie suite à l'épisode du poisson et je l'aime beaucoup. On utilise le traducteur automatique de Google pour communiquer et il m'a dit que sa femme était en train de lire *Le Bouddha de banlieue.* Mais, comme il n'est pas toujours dans le service, j'ai réquisitionné Sachin, qui est là en ce moment, pour qu'il me rase à l'ancienne. Inutile de dire que je suis légèrement nerveux à l'idée que ce jeune un peu maladroit parfois s'approche de mon cou avec un rasoir mécanique. Il humecte mon visage, applique la crème et effectue un rasage sans une seule coupure. Le boulot est impeccable. Nos rôles se sont inversés : il prend soin de moi comme je me suis occupé de lui, mais sans se plaindre autant. On s'en est bien sortis.

27/02/2023

J'attends un coup de téléphone de mon hypnotiseur. Il m'a été recommandé par un ami ; je l'ai déjà vu, il y a des années, quand je n'arrivais plus à mettre un mot derrière un autre. Les séances s'étaient révélées efficaces puisque j'avais repris l'écriture, pour le bonheur ou le malheur de ceux qui me lisaient. Si seulement ses pouvoirs magiques pouvaient me soigner cette fois encore.

Les premières semaines qui ont suivi mon accident, on m'avait bourré de médicaments qui m'assommaient tellement que je ne me rendais pas bien compte de ce que je traversais, même si j'écrivais, ou que je pensais à écrire, presque tout le temps.

Je n'ai pas compris tout de suite la gravité de ma chute, à quel point ça allait affecter ma vie, de manière permanente. Il n'y a pas de retour en arrière possible, même si c'est mon souhait le plus constant.

Je me suis aussitôt fait des amis, j'ai essayé de m'intégrer, de m'habituer au fonctionnement des lieux. Malheureusement, le Maestro, dont je trouvais la compagnie stimulante et porteuse, souffre désormais de pleurésie chronique si bien qu'il a quitté cet établissement de rééducation pour un autre.

Depuis que je suis hospitalisé, je n'ai pas bu une goutte d'alcool, je n'ai consommé aucune drogue illégale, je n'ai rien fumé. J'ai tout arrêté du jour où je suis rentré à l'hôpital et je me demande si ça a pu avoir des conséquences sur mon sommeil. Miss S. vient me voir tous les matins, elle partage sa cigarette électronique noire avec moi. Elle m'a fait découvrir le vapotage, que je n'avais jamais essayé avant ; je me délecte de ce vice mineur. On a le droit de fumer avec ce genre de cigarette ici et les infirmières viennent placer l'embout entre mes lèvres quand elles font leur ronde. Lorsque Miss S. et moi fumons ensemble, c'est elle qui me la glisse entre les lèvres et nous avons de longues discussions à propos de nos amis, de nos familles – des conversations pour passer le temps, que je n'aurais jamais eues dans ma vie d'avant. Mais elle a une pneumonie depuis un petit moment et elle est parfois déprimée. Je ne la vois presque plus, de ce fait.

Petit à petit, je sens que je suis en train de m'effondrer ; l'ennui profond d'être jour et nuit dans la même chambre, les autres autour de moi qui parlent une langue que je ne comprends pas.

Le moindre geste médical – que ce soit pour mon bien ou pas – déclenche de plus en plus souvent des vagues d'angoisse, de peur et de paranoïa totalement incontrôlables.

Les défenses que j'ai mises en place – la bonne humeur et le goût des blagues – ne vont pas me permettre de surmonter ça : l'odeur de l'hôpital, le désespoir, la détestation de mon état, la conscience permanente que je suis infirme. Tout ce qui me réduit à un sentiment de détresse que je n'avais jamais éprouvé de ma vie. J'ai l'impression de faire l'expérience atroce d'être un personnage d'Edgar Allan Poe, enterré dans mon pauvre corps.

Mon existence n'est plus qu'une succession de paniques, de peurs, de larmes qui jaillissent à tout instant. Je n'ai qu'une envie, m'échapper de moi.

Isabella, qui s'occupe de moi la majeure partie du temps dans la journée, souffre d'épuisement et d'inquiétude. Cette cassure l'a ravagée elle aussi. Il nous arrive d'avoir des accrochages que nous n'avions jamais avant, il faut que l'on fasse attention qu'ils ne s'enkystent pas trop. L'accident m'a rendu hargneux, plus colérique. Je suis dans une rage qui ne me laisse aucun répit, ce qui n'est pas surprenant. Mes jumeaux et leur mère Tracey, qui est aussi une amie proche, sont également affectés de divers symptômes liés à l'angoisse.

Partir d'ici, ce que je désire pouvoir faire dès que possible, soulève plusieurs problèmes logistiques. Je ne peux pas me contenter de me lever et de quitter les lieux. Il y a toute la question de l'endroit où aller et des démarches officielles requises pour sortir d'un hôpital suite à un grave traumatisme.

Je me suis souvent demandé si, au fond, je n'étais pas un indécis. Installé tout seul dans mon fauteuil roulant, j'ai largement le temps de repenser à la manière dont j'ai mené ma vie. Je sais que, sur de nombreux sujets, à de nombreuses reprises et occasions, j'aurais pu prendre des décisions qui m'auraient été bénéfiques. J'ai été prudent et, parfois, je tergiversais dans des proportions délirantes, tant j'attendais du monde moins que ce qu'il avait à m'offrir si j'avais su faire preuve de plus de courage et si j'avais eu moins peur de ce que les autres pouvaient penser.

Au moins cet accident semble-t-il m'avoir permis d'entrevoir que l'indécision ne va pas beaucoup m'aider. Je ne doute pas une seconde qu'il me faille sortir d'ici.

Sachin est avec moi depuis deux jours et j'ai l'impression que mon humeur a retrouvé un certain équilibre. J'ai passé la majeure partie de ma vie plus ou moins seul puisque, pour lire et écrire, mes deux principales occupations d'avant, je n'avais besoin de personne. J'ai toujours apprécié le tête-à-tête avec moi-même, à écouter de la musique, à marcher des heures. Mais ce n'est plus ce dont j'ai besoin désormais.

Je n'ai pas eu de nouvelles de l'hypnotiseur. Ce n'est pas grave. J'ai la ferme intention de dire exactement ce que je ressens en écrivant ces textes ; cette obscurité est ma vérité.

Ce que je souhaite, c'est pouvoir partir d'ici et rentrer à Londres où, au moins, je serai dans un environnement plus familier, avec des amis qui pourraient me rendre visite. Il me faut de la distraction, de la compagnie. Le pire moment de la journée arrive quand Isabella enfile son manteau et s'en va. Je la vois franchir la porte de ma chambre et je sais que je vais devoir affronter la nuit sans elle, seul.

05/03/2023

J'ai eu la chance, quand j'avais une quinzaine d'années, de découvrir l'écriture et la littérature, la pornographie et les drogues à peu près en même temps. Ma vraie journée de travail ne commençait pas avant 16 h 30, quand je rentrais des cours pour m'installer devant la machine à écrire que mon père m'avait donnée, que je mettais un disque ou que j'allumais la radio, pour reprendre le roman que j'étais en train d'écrire, qui racontait l'histoire d'un garçon comme moi alors qu'il s'enfonçait progressivement dans le supplice de la vie au lycée. Je savais au moins que l'écriture serait mon seul billet d'entrée dans le monde le plus funk qui se trouvait à une heure de chez moi, « sur Londres ».

On pourrait dire qu'à l'époque, j'avais des lectures exigeantes ; je lisais des classiques russes et français dénichés dans la bibliothèque de mon père (si je ne prenais pas en main mon instruction, personne n'allait s'en charger). Les drogues et le porno auxquels nous avions alors accès étaient assez inoffensifs au regard de ce qui se fait aujourd'hui.

Les journaux avaient beau dire que le pays était inondé de drogues, je peux vous assurer que c'était passablement dur de se procurer ne serait-ce que quelques miettes de cannabis. On pouvait en dégoter pendant des concerts au lycée, ou par l'intermédiaire de potes hippies qui fréquentaient des pubs tels que le Heneky's dans la rue principale de Bromley ou le célèbre Three Tuns de Beckenham, où des groupes jouaient dans la salle du fond. Il y a une photo très connue de David Bowie prise là-bas : on le voit avec une sorte de coiffure permanentée, perché sur un tabouret haut, en train de jouer de la guitare sèche.

On essayait tant bien que mal de se défoncer avec cette came de merde – que l'on appelait communément du « shit » – pour aller écouter les Faces ou Pink Floyd au Crystal Palace Bowl.

Mais c'est seulement quand j'ai commencé à prendre des amphètes, des gélules bleues du nom de Blues, que j'ai compris qu'une drogue pouvait être tellement efficace et agréable, qu'elle pouvait avoir des effets totalement délétères sur l'esprit.

Avec ces Blues, le contrecoup dépressif au moment de la redescente était dingue.

La drogue la plus stimulante de l'époque, celle qui nous plaisait le plus à tous, c'était le LSD. Le produit n'était pas cher, on pouvait en prendre à de nombreuses occasions – pendant des fêtes, des concerts et même chez soi quand l'intensité retombait.

Concernant le porno du milieu des années 1960, il était rare de voir une femme nue ailleurs que dans un tableau impressionniste. Les magazines sur lesquels on pouvait mettre la main, qu'on se passait entre nous, se focalisaient énormément sur les seins alors que les sexes étaient retouchés et parfaitement lisses.

Mes premiers émois pornographiques, je les ai eus grâce à des livres. Mon père possédait plusieurs titres qui évoquaient des découvertes sexuelles : *L'Amant de Lady Chatterley*, *Lolita*, et même *Ulysse*.

Dans ces années-là, le roman le plus pornographique à mes yeux avait été écrit par le romancier le plus divertissant qui soit – que j'aime toujours aujourd'hui : Henry Miller. *Tropique du Cancer*, mais aussi sa célèbre trilogie, *Sexus*, *Plexus* et *Nexus*, offraient tout à la fois des expériences d'écriture incroyables, entrecoupées d'interludes sexuels qui étaient l'occasion de joyeux moments de masturbation.

Au lycée, on appelait ça des « livres qu'on ne lit que d'une main » ; certaines pages jaunies étaient un peu collées. Aujourd'hui, ça doit paraître bizarre de penser que, si l'on avait envie de se branler, il fallait s'emparer d'un livre. Mais, pour le jeune homme inexpérimenté que j'étais, certains de ces passages – tout particulièrement ceux de l'époque victorienne, tels qu'on en trouvait dans *The Pearl* – furent une révélation. Après mes premières lectures de cunnilingus et de fellation, j'étais à la fois stupéfait et époustouflé qu'on puisse avoir envie d'appuyer ses lèvres contre le sexe d'un autre.

Dans la pornographie victorienne, on lisait aussi des scènes de cachots, de fouet et autres réjouissances que l'on qualifierait aujourd'hui de BDSM. J'étais soufflé, c'est le moins qu'on puisse dire, d'imaginer à quoi ma vie ressemblerait si j'arrivais à me calmer et à trouver une geôle. Ces récits étaient de vraies annonces publicitaires de ce qui adviendrait plus tard.

J'ai lu *Histoire d'O*, ainsi qu'*Histoire de l'œil* de Georges Bataille, et je fus bouleversé de constater combien la littérature et la sexualité extrême pouvaient être puissantes et réelles. Comme Sachin le disait récemment, ces textes excèdent largement ce qu'un adolescent est capable d'imaginer par lui-même. Ils vous entraînent dans un monde d'obscénité et de dépravation – qui continuera de vous apporter des satisfactions tout au long de votre vie – qui rappelle que sexualité et dégoût doivent être vraiment proches si l'on veut que le sexe garde son piquant. Mais si l'on avait envie d'en savoir plus sur la sexualité, au-delà des rituels de séduction et du mariage, il ne fallait pas se tourner vers la littérature. Car la littérature était censurée et autocensurée – j'aurais adoré savoir ce que George Eliot pensait du sexe anal. Pourquoi est-ce que Swann aimait tant baiser Odette ? Qu'est-ce que sa voix ou sa chatte avait de si particulier qui le conduise à foutre sa vie en l'air ? La grande littérature n'est jamais assez explicite sur ces questions.

C'est au milieu des années 1970, quand j'avais une petite vingtaine d'années, que j'ai commencé à gagner ma vie en écrivant des textes pornographiques, juste quelques articles pour le marché florissant des magazines du haut des présentoirs, que l'on trouvait surtout chez les épiciers indo-pakistanais. J'ai aussi écrit quelques articles sérieux sur Aubrey Beardsley et sur le Marquis de Sade dans des magazines de charme pour hommes tels que *Mayfair*.

Ce n'est pas facile d'écrire des textes pornos. Comment fait-on pour décrire un pénis en érection ou un orgasme ? Les clichés arrivent très vite ; des mots comme « palpitant » ou « énorme » sont difficiles à éviter. Toute forme d'écriture est exigeante mais trouver de nouvelles manières d'évoquer les relations sexuelles, c'est presque mission impossible, surtout à cette période où j'étais payé à peu près douze livres sterling pour un article.

Le meilleur moyen de raconter des scènes de sexe, c'est de parler du sens qu'elles prennent pour les partenaires impliqués. Mais, quand on achète un magazine porno, on n'a pas envie de lire une dissertation lacanienne sur le désir, on veut juste une érection. C'est assez banal.

À l'époque où j'écrivais ces petites histoires cochonnes, mon ami le Cuir et moi avions décidé que nous serions gigolos. L'idée était de traîner non loin des magasins Harrods, vêtus de nos plus beaux atours, et d'attendre d'être abordés par des femmes riches qui nous récompenseraient pour les délices sexuelles auxquelles nous les ferions goûter. Nous avons eu de la chance, et les femmes en question encore plus, car personne n'est jamais venu nous solliciter, mis à part quelques vieux pédés mais nous étions trop farouches pour les suivre.

Durant cette période très punk, des artistes performeurs tels que Cosey Fanni Tutti se sont mis en scène dans des magazines pornos, qu'ils voyaient comme un mode d'expression artistique. Ces artistes voulaient choquer mais leur démarche a également eu pour conséquence de faire découvrir au grand public toute une panoplie d'accessoires peu connus. À l'autre bout de King's Road, grâce à une petite boutique qui était une curiosité à elle seule, Vivienne Westwood et Malcolm McLaren introduisaient dans les pubs, les boîtes de nuit et les rues des vêtements en latex et en cuir jusque-là cantonnés à des endroits plus confidentiels.

Le sexe peut vraiment nous faire perdre la tête. Chaque jour, une star de la pop, une personnalité politique, un grand entrepreneur s'adonnent à un acte charnel dont on est sûr qu'il détruira leur vie.

Qui ne s'est jamais laissé aller à un acte risqué, obscène pour assouvir un fantasme ou un orgasme ? À la fin du dix-neuvième siècle, Freud a théorisé l'idée que fantasme et sexualité extrême sont au centre de notre culture. Pour certains d'entre nous, le fantasme et la masturbation sont les moments les plus excitants, voire les plus satisfaisants, de notre vie. La pornographie et la technologie avancent de pair. À l'échelle de ma vie, nous sommes passés, en ce qui concerne la pornographie visuelle, de photos assez rudimentaires et sous-exposées – et ce que, sous l'influence du film sulfureux de Warhol, on appelait « film bleu » – à des casques RV, des poupées sexuelles particulièrement réalistes et des images truquées par une intelligence artificielle.

On débouche ainsi sur un dilemme éthique puisque avoir des relations sexuelles avec quelqu'un implique inévitablement un minimum de conversation et de négociation ; et il y a toujours la crainte d'être rejeté, d'échouer, d'être humilié. Alors qu'il faut vraiment le faire pour foirer une branlette. Aujourd'hui, on a peur que porno et masturbation remplacent les autres formes de sexualité ou de constater qu'ils sont plus jouissifs que tout le reste.

Au fur et à mesure que les comportements se libéraient, mes drogues préférées sont devenues plus sophistiquées. J'ai passé de très bonnes soirées sous cocaïne avec mes enfants et je connais des amis qui prennent de la MDMA avec les leurs, ce que je ne me verrais pas faire, de peur de trop en dire sur moi. Mes garçons, à l'inverse, m'ont fait découvrir les champignons hallucinogènes.

Sexe et drogues vont ensemble, tout comme le vin avec un bon repas. La question n'est pas tant que les gens risquent d'être traumatisés par le sexe, ou par telle ou telle drogue, mais qu'on devrait leur apprendre à les apprécier comme des plaisirs fondamentaux.

Mais l'époque des libérations est révolue. Nous sommes entrés dans une nouvelle ère de censure et d'autocensure. Tant du côté progressiste que du côté conservateur, on se met à penser qu'il y a des choses que l'on ne devrait pas dire ou entendre. S'est installée une terreur de l'offense infligée et de l'offense reçue.

Les nouveaux plaisirs apportés par la technologie créent, au sein de la population, une peur de la surexcitation et du manque de contrôle. Et il arrive que la sexualité devienne une pratique dégradée quand on essaie d'en faire quelque chose d'insignifiant, de mécanique et de fonctionnel, plutôt que quelque chose d'essentiel à l'expérience humaine.

Malheureusement, le combat pour les libertés acquises depuis les années 1960 doit être à nouveau livré. On a parfois le sentiment que l'on a fait marche arrière.

13/03/2023

Tous les matins, je reçois la visite de l'élégante Lady G. qui m'apporte un cappuccino au lit et son lot d'histoires réjouissantes. En plus d'être une connaissance d'Isabella, elle est aussi une éminente chercheuse rattachée à cet établissement, où elle travaille dans un laboratoire, ce pour quoi elle a l'autorisation de venir me voir en dehors des heures prévues. Elle parle un anglais parfait et c'est une personne généreuse et sophistiquée – une Européenne, dans le meilleur sens du terme – quelqu'un que je n'aurais jamais rencontré autrement.

Elle me raconte l'histoire d'une amie qui, s'étant retrouvée paralysée, ne pouvait communiquer qu'en clignant des yeux. Un matin, cette femme s'était montrée très agitée et Lady G. avait craint qu'elle ne soit en train de faire un arrêt cardiaque. Grâce à un tableau alphabétique, la patiente avait finalement pu expliquer que son nez la démangeait et qu'elle avait besoin qu'on le lui gratte.

J'avais trouvé ce récit particulièrement poignant puisque, n'ayant plus l'usage de mes mains, moi non plus je ne peux plus me gratter tout seul. D'ailleurs, au moment même où j'écris ces mots, je sens une forte attaque de démangeaison se répandre au-dessus de mon oreille droite et envahir tout mon cuir chevelu, au fur et à mesure que j'y pense.

Se faire gratter par quelqu'un est toute une affaire. Il faut demander à la personne et, si celle-ci accepte, il faut qu'elle trouve l'endroit précis, puis qu'elle exerce la pression adéquate – ni trop, ni trop peu. On ne peut exiger cela qu'un certain nombre de fois si l'on ne veut pas qu'elle s'agace. Mais certaines démangeaisons sont particulièrement mal situées : l'intérieur de l'oreille ou autour des couilles.

Si vous regardez les gens sur un plateau de télévision, ou si vous observez ceux qui sont autour de vous au café, vous remarquerez qu'ils se touchent fréquemment le visage. Ils se frottent les yeux, se tirent le nez, se passent la main sur les joues. Ce n'est que maintenant que je me rends compte de ce luxe qu'il y a à pouvoir se gratter soi-même.

Le geste est sensuel, rassurant, sexy, il peut vous mettre en extase. La surface du corps est vivante. Il y a quelque temps, je m'étais laissé pousser la barbe un peu plus de trois jours mais la peau de mon visage était devenue atrocement irritée et j'avais furieusement besoin qu'on me gratte. Isabella acceptait parfois de coopérer. C'était un pur bonheur de la sentir me gratter sous le menton. Je réalise la chance de notre chien Cairo qui se fait sans cesse frotter, chatouiller, caresser par sa famille mais aussi par des inconnus dans la rue. Je suis jaloux, j'envie mon chien.

Les règles sont strictes s'agissant des parties du corps que l'on peut toucher ou frotter en public. On peut se passer la main sur le visage, ou même dans les cheveux, mais impossible de se tripoter les fesses, les dents, ni les parties génitales. Ces règles ne sont pas les mêmes à la plage ou au restaurant ; elles diffèrent également suivant qu'on est un homme ou une femme. On doit apprendre aux enfants quelles parties de leur corps ils ont le droit de toucher, dans quels lieux, à quels moments. C'est compliqué et plus ou moins arbitraire.

Utilisant leur téléphone comme un substitut de leur corps, les gens ont tout le temps cet objet entre les mains. Dans les années 1960 et 1970, je me souviens qu'on manipulait des cigarettes, des briquets, des allumettes et même des pipes. On s'occupait ainsi les mains tout en discutant. Maintenant, les gens regardent leur téléphone et envoient parfois des SMS pendant que vous leur parlez. Ces distractions ne sont pas seulement des sources d'irritation, elles sont aussi des moyens d'évacuer ses angoisses ; elles servent également à communiquer, en créant une distance entre vous et la personne en face. Vous avez envie d'être proche de l'autre mais pas trop.

Freud avait compris à quel point il est difficile de passer huit heures par jour assis devant ses patients. Le fait d'être ainsi regardé, voire détaillé, pendant une telle durée, le mettait mal à l'aise. C'est pourquoi il avait imaginé le recours au divan pour les séances de psychanalyse. Cette distance – avec le patient allongé sur le dos – permettait à ce dernier de rêver et de parler en association libre au lieu de chercher à amuser ou à divertir l'analyste.

Je ne peux pas manipuler mon téléphone, je ne peux pas me moucher, je ne peux pas me gratter le nez. Mes mains bougent un tout petit peu mais j'ai l'impression qu'on a versé du ciment dedans. Elles sont raides, insensibles ; elles ne font pas ce que mon cerveau voudrait qu'elles fassent, bien qu'elles aient un peu commencé à remuer après toutes ces heures de kinésithérapie. Mais je ne peux rien faire d'utile avec.

C'est une perte terrible, qui me rend totalement dépendant du bon vouloir des autres. Heureusement que j'ai découvert que les gens ont en réserve des quantités de générosité et de patience. Ils sont toujours désireux de faire des choses pour vous si on le leur demande, et ils le proposent souvent de leur plein gré.

Ma blessure a activé une nouvelle forme d'amour chez les autres, un désir d'être utiles autrement. Je vois bien à quel point ça leur fait plaisir de m'aider, la satisfaction qu'ils en tirent. Ce fut une découverte lumineuse même si ce type d'attention ne me semble pas très égalitaire. Tandis que les gens font des choses pour moi, je ne peux pas le leur rendre, si ce n'est en leur manifestant ma gratitude. Je trouve cet échange assez déséquilibré. Mais il a son importance.

Bébés, notre première forme d'échange s'effectue par l'entremise de l'amour. On nous embrasse, on nous caresse, on nous fait des gazouillis, qui sont autant de marques d'appréciation. C'est l'amour qui nous met au monde et, même en vieillissant, on s'attend toujours à ce que l'amour soit le premier sentiment que les autres ressentent pour nous. On ne s'attend jamais à être blessé et, quand ça nous arrive, nous en sommes profondément bouleversés. Avec l'âge, il se peut que l'on devienne suspicieux, peureux, désillusionné mais cette attente d'amour ne disparaît jamais.

19/03/2023

Les choses n'étaient déjà pas assez compliquées comme ça : on vient de m'informer que j'allais devoir m'installer dans une autre chambre. C'est la troisième que je partage depuis que je suis arrivé ici mi-janvier. Elles se ressemblent toutes : murs peints en bleu clair, plafond bas, deux lits parallèles à deux mètres d'écart environ.

Le voisin de chambre change à chaque fois, ce qui est un peu stressant. Chaque transfert est un bouleversement abrupt et déstabilisant : on nous demande à moi et à Isabella de rassembler toutes les bricoles que nous avons accumulées – nourriture, équipement électronique, vêtements, literie, affaires de toilette – pour les déménager dans l'heure qui suit. Cette fois, j'ai la chance de me retrouver avec le Maestro, qui est de retour après un séjour dans un hôpital généraliste.

La semaine dernière, je me sentais de plus en plus paniqué, nerveux. J'avais un bourdonnement dans les oreilles, une sensation de chaleur en permanence à travers tout le corps et une frousse terrible de m'évanouir à nouveau, comme ça m'était arrivé le jour de mon accident. Je suis terrifié, j'ai peur que les choses deviennent incontrôlables. C'est comme si mon corps avait envie de plier boutique.

Bien que cela fasse trois mois que je suis ici, je n'ai pas l'impression de m'être apaisé. Chaque jour ressemble *grosso modo* au précédent, si bien qu'il est possible de mettre en place un mur de routine en défense, mais j'ai le sentiment que mes barricades ne sont pas plus solides qu'avant. Je m'inquiète d'un avenir qui m'effraie. Si la définition du traumatisme décrit un événement inattendu et dévastateur que le psychisme ne parvient pas à intégrer, alors on peut dire que j'ai subi beaucoup trop d'épreuves ces derniers temps. Je suis apeuré dès que je suis sans Isabella ; je déteste être seul.

Chaque jour ici, nous sommes soumis à de nouvelles expériences qu'il faut assimiler. Ces modifications, même si elles ne sont pas cruelles, sont perturbantes. Les habitudes créent une zone tampon, elles absorbent les chocs brutaux et les modifications du quotidien, ce pour quoi les gens s'obstinent dans des situations inconfortables, voire néfastes. La familiarité confère à nos vies une configuration confortable. Mon univers à l'hôpital a bel et bien une structure domestique, organisée autour de répétitions, mais il est loin d'être confortable.

La présence d'Isabella et ses mots créent une ambiance fiable. Mais, d'une certaine manière, je suis retombé en petite enfance, après avoir été adulte pendant quelque temps. Autrefois, j'avais la capacité d'agir, j'ai eu un aperçu d'un semblant de liberté, avant que tout ne me soit retiré, pour me laisser face à cette seule dépendance et à la rage de l'impuissance.

Au moins, avec Isabella, je bénéficie d'une forme de reconnaissance. Elle sait qui je suis et pourquoi je souffre ; j'en sais autant sur elle. Cette idée de reconnaissance mutuelle, de compréhension partagée – de fonctionnement en miroir – est l'une des raisons pour lesquelles j'ai commencé à écrire. Je me souviens qu'adolescent, j'avais envie d'écrire des nouvelles et des romans parce que je me disais que quelqu'un quelque part me reconnaîtrait et comprendrait ce que je traversais. Bien que je saisisse l'idée que les histoires sont fondamentalement un divertissement, je ne les conçois pas seulement comme la forme d'amusement la plus sophistiquée qui soit mais plutôt comme une tentative de communiquer quelque chose sur la souffrance.

Néanmoins, certains traumatismes sont excitants. La sexualité en l'occurrence, surtout pour les jeunes, constitue un mélange de peur et d'euphorie. Il y a toujours cette interrogation, quelle que soit notre sexualité, de savoir si on va y survivre, si on va en tirer du plaisir. Il faut apprendre à affronter ses plaisirs autant que ses douleurs. Si l'on peut surmonter ses traumatismes, en apprendre quelque chose, alors peut-être fera-t-on l'expérience d'une sensation de triomphe.

Ce dont je fais l'expérience dans cet hôpital a été une atteinte à mon bonheur et à ma suffisance, à ce sentiment que le monde allait globalement bien, qu'il tournait rond. Je ne peux m'empêcher d'éprouver l'indignité, si ce n'est la stupidité, de ce qui m'est arrivé – mélange de tragédie et de farce, soit l'essence de ce grand texte absurde de Kafka, *Le Procès*, voire de toute son œuvre, en fait.

Fabio, mon kiné, qu'Isabella et moi avons surnommé James Bond car il a le physique d'un acteur de tête d'affiche, est quelqu'un de sensible et de sage, à la personnalité très zen. Il parle très peu anglais, je ne parle pas du tout italien et il faut que je m'en remette à lui, ce que je fais avec bonheur parce qu'il est costaud et sûr de lui. On comprend beaucoup à la manière dont un kiné vous touche, s'il est confiant, s'il sait ce qu'il fait. Certains – et j'en ai vu passer quelques-uns – sont plus hésitants et ce qu'ils vous font ne vous aide guère à progresser. Mais Fabio a un plan.

Petit à petit, il me fait me tenir droit, d'abord sur un lit incliné à la verticale, sur lequel on me sangle pour me dresser, tel un Christ, dans la salle de sport. C'est euphorisant d'être si grand ; la première fois, j'ai réussi à tenir cinq minutes, puis dix, puis quinze, avant de commencer à sentir que j'avais la tête qui tournait et des nausées qui me saisissaient.

La séance suivante, il m'installe sur une autre machine, avec un siège où poser les fesses, qui me soulève progressivement jusqu'à ce que je sois debout. Cette fois-là, contrairement à ce qui s'était passé avec le lit-brancard, je ne suis plus aussi grand. Je retrouve davantage ma taille normale. Je parviens à rester ainsi à peu près dix minutes, peut-être un peu plus, puis je vois que la pièce commence à tournoyer et il faut que je m'allonge.

Je suis perplexe de constater qu'une chose aussi simple que se mettre debout soit devenue si difficile et, parfois, tellement insupportable. Mais si vous avez été incapable de vous lever depuis Noël dernier, ça devient un exploit extraordinairement compliqué, même si je m'améliore peu à peu.

À l'occasion de l'essai de la deuxième machine, Miss S. insiste pour m'accompagner ; depuis son fauteuil, elle sourit et me hurle des encouragements. Elle n'est pas surprise de voir à quel point j'ai peur. C'est normal d'avoir le vertige dans ces proportions-là.

La fois suivante, Fabio me prépare pour que j'essaie le Lokomat, une machine qui aide ceux qui ont des lésions médullaires à remarcher. On se retrouve enchâssé et suspendu à l'intérieur d'un mécanisme qui enserre le torse et les membres puis qui les fait se déplacer de manière électronique.

J'ai peur de cette machine, de l'impression que j'aurai d'être enfermé dans une armure pesante. Je pourrais aussi combiner claustrophobie et nausées, et me ridiculiser si je me mettais à paniquer. Pour Fabio, je suis son défi du moment car je refuse d'être installé dans le Lokomat. Mais ce sera la prochaine étape, je n'y couperai pas. J'ai hâte, sans grande hâte.

02/04/2024

Pas grand-chose à dire depuis la dernière fois. Coincé dans l'enfer interminable de l'hôpital. Mélange d'ennui et de désarroi. Beaucoup de discussions fructueuses et infructueuses avec Isabella pour savoir si je ferais mieux de rester ici afin de tirer le meilleur parti des séances de kinésithérapie, pour gagner autant de force et d'allant que possible, ou si je ne devrais pas repartir à Londres où Isabella devra vivre seule chez moi pendant que je serai placé dans un autre établissement de rééducation.

Ma ville et mes amis me manquent. Mes enfants viennent me voir tous les week-ends. Un bon ami a pris l'avion pour déjeuner avec moi puis il est reparti directement chez lui ; un autre ami anglais, qui habite dans les environs, est passé me voir et m'a dit qu'il trouvait que j'étais comme avant, hormis le fait que je ne pouvais plus marcher ni me servir de mes mains. Même si Isabella est là du matin au soir et même si, sans son soutien, je serais dans une merde noire, j'éprouve le besoin de voir d'autres gens. Surtout pour me distraire de mon humeur sombre et de cette situation ténébreuse mais aussi pour rester en contact avec le monde extérieur, qui continue à avancer sans moi, comme si j'étais déjà mort. Être hospitalisé, c'est presque comme vivre dans une capsule temporelle. Je deviens vraiment morbide et j'ai besoin qu'on me remonte le moral.

Je me disais que je ferais bien de terminer l'histoire de l'orgie d'Amsterdam. Ce n'est pas Isabella qui tape ce texte mais mon plus jeune fils, Kier, qui a vingt-quatre ans. Il flippe un peu à la perspective de prendre ce récit en note mais le voici malgré tout.

Iris est entrée dans la chambre d'hôtel avec son petit ami, plus jeune que moi mais pas tant que ça. Il avait la quarantaine, faisait à peu près ma taille – pas grand, plutôt trapu – mais il avait un air légèrement plus défraîchi, des cheveux gris en bataille et une barbe. Je crois qu'il s'appelait Hans.

Il ne parlait pas bien anglais mais, tous les trois, nous nous sommes installés autour de la table, nous avons fumé un joint tout en engageant une discussion passablement décousue. L'excitation qui était la mienne un peu plus tôt avait disparu, je ne savais plus trop quoi dire ni quoi faire. Je me demandais si le projet orgiaque était tombé à l'eau et si nous finirions par aller dîner ou faire n'importe quoi d'aussi peu emballant. Heureusement, Iris s'est levée et a déclaré qu'elle avait très envie qu'on commence. Elle avait fait ce que je lui avais demandé, elle avait amené quelqu'un pour une partie à trois : ne restait plus qu'à se lancer.

Elle s'est déshabillée, ce que je me suis empressé de faire à mon tour en me disant, on s'en fout, pourquoi laisser passer une occasion de s'éclater ? Elle et moi avons grimpé sur le lit et nous avons commencé à nous embrasser.

Hans n'avait pas enlevé son grand manteau noir et il ne fit pas mine de l'ôter non plus, ce qui ne manqua pas de me surprendre. Iris m'expliqua, alors que nous approfondissions les préliminaires, qu'Hans aimait regarder. Elle me demanda si ça me dérangeait – mais, que pouvais-je bien dire ? Et donc, pendant qu'avec Iris, nous baisions avec entrain, Hans vint s'asseoir au bout du lit tout en nous observant. Je ne pouvais m'empêcher de jeter quelques coups d'œil en direction de ce personnage énigmatique, qui ne disait rien et ne trahissait aucune émotion. Elle lui demanda s'il voulait se joindre à nous mais, à mon grand soulagement, il secoua la tête.

À un moment, Iris et moi avons décidé que nous avions faim et Hans a commandé à manger. Quand on sonna à la porte, il nous tendit une couverture pour qu'on se glisse dessous pendant que le garçon d'étage faisait entrer la table à roulettes. Hans resta assis là, à regarder sa petite amie manger des sushis avec un autre homme. C'était peut-être une sorte de punition, ou une bizarrerie masochiste. Mais, si c'était son truc, il ne donnait pas l'impression d'y prendre plaisir. J'avais le sentiment qu'ils n'avaient jamais fait ça avant.

Au bout d'une ou deux heures, Iris s'est rhabillée, puis ils sont repartis. J'ai ouvert la fenêtre et, tout en contemplant la ville, je me suis allumé un autre joint. Je venais de passer un moment super, mémorable, bien qu'un peu étrange, et j'avais très envie de revoir Iris quand elle viendrait à Londres.

Quelques semaines plus tard, nous nous sommes organisés pour nous voir du côté de Portobello Road. J'avais emmené Kier à l'école le matin et nous avions prévu, elle et moi, de nous retrouver à l'heure du déjeuner. Je voulais lui demander ce qui s'était passé exactement avec Hans à Amsterdam. Je voulais savoir s'ils étaient toujours ensemble.

Mais, ce jour-là, Londres fut plongé dans un chaos incroyable. Le métro était à l'arrêt, les bus ne circulaient plus. Dans la rue, les gens disaient qu'une mégapanne d'électricité avait eu lieu et que plus rien ne fonctionnait. D'autres racontaient que quelque chose d'horrible s'était produit mais personne n'en connaissait les détails. Et puis, j'ai vu des personnes assises sur des bancs, l'air totalement anéanti. On n'entendait plus que les sirènes de voitures de police, d'ambulances et de camions de pompiers. Nous étions le 7 juillet 2005, désormais tristement connu comme le jour des attentats du « 7/7 ». Cinquante-deux personnes furent tuées lors de quatre attaques suicides. Iris et moi n'avons pas réussi à nous retrouver et je ne l'ai jamais revue.

09/04/2023

Au début de la semaine, David de Bromley avait pris un vol depuis le Canada pour passer me voir quatre jours. Il logeait dans le centre de Rome et prenait le bus pour l'hôpital, où il restait le temps du déjeuner qu'Isabella m'apporte quotidiennement. Il m'avait poussé dans mon fauteuil à travers le parc – dont je connais chaque centimètre, chaque bosse, chaque brin d'herbe – et nous discutions de tout ce qui nous passait par la tête, de l'enfance jusqu'au fait de vieillir, en passant par les enfants, les parents et, surtout, la vie à Beckenham et à Bromley dans les années 1970.

David a le même âge que moi mais il était dans la classe au-dessus. C'était l'archétype du beau mec du lycée, l'adolescent cool avec les cheveux jusqu'aux épaules. Pour décrire ses pantalons pattes d'eph, le chef d'établissement parlait de « pantalons de marin » ; il disait aussi qu'il avait un look de fille. David connaissait le jeune Bowie quand il jouait au Three Tuns et vivait avec Angie, son affriolante petite amie américaine, non loin de là, à Haddon Hall. David de Bromley avait amené les premiers albums de Pink Floyd et de King Crimson chez moi le soir. Installé dans notre minuscule salle à manger, il ravissait mon père par l'intérêt qu'il lui portait, ce qui donnait l'occasion à ce dernier de parler de son sujet de prédilection : la religion orientale et tout ce que le zen pouvait enseigner à l'Occident à propos de ce qu'il appelait « les valeurs spirituelles ». Papa était convaincu que l'Occident était en train de basculer dans le matérialisme, oubliant de se poser les questions les plus importantes sur le sens et la valeur de la vie. David l'écoutait tel un disciple captivé.

Mon père était ami avec sa mère : les potes hippies de David et moi-même trouvions que c'était une femme sexy, raffinée. Au lycée, les gens racontaient que, lorsqu'il était au lit avec sa copine, sa mère leur apportait le petit-déjeuner avant de leur faire la leçon pour qu'ils filent en cours.

Le chapitre d'ouverture du *Bouddha de banlieue* s'attache à un jeune héros de dix-sept ans, le naïf Karim Amir, ainsi qu'à son père, immigré indien venu de Bombay, qui travaille comme fonctionnaire à Londres. Un soir, ils se rendent tous deux à Beckenham – banlieue plus chic que celle où vit la famille de Karim – pour voir Charlie, qui est alors le camarade de classe et l'idole de Karim. Le père a été invité par Eva Kay, la mère de Charlie, pour faire la présentation d'un cours de yoga et d'une conférence sur le bouddhisme zen à une petite assemblée de banlieusards blancs.

Au cours d'une soirée riche en événements, Karim voit son père et Eva faire l'amour sur un banc du jardin. Il n'en croit pas ses yeux et se précipite à l'étage dans la chambre de Charlie – grotte géniale du grenier, décorée de photos des Beatles pendant leur période Sergeant Pepper – où il finira par masturber son camarade totalement défoncé. C'est la première expérience homosexuelle de Karim.

À l'origine, ce chapitre d'ouverture était une nouvelle. Pendant un vol qui m'emmenait au Canada, je n'avais rien à lire mais j'avais entre les mains mon inséparable carnet, dans lequel j'ai écrit l'intégralité de cette histoire en neuf heures, entre Londres et le Québec. Le texte avait été publié dans la *London Review of Books* et, plus tard, comme j'avais toujours eu envie d'écrire un roman, je m'y suis replongé et j'ai construit mon récit en partant de ces quelques pages.

Il y a peu de choses de cet audacieux scénario de banlieue qui se soit vraiment produit. Je me souviens très bien d'une soirée particulièrement excitante chez David, où j'étais allé avec mon père et où sa mère avait joué du Bach. Mais, aujourd'hui, le chapitre de ce roman et la manière dont j'ai conçu l'ensemble ont remplacé tous les souvenirs que j'en avais alors. J'imagine que c'est ainsi que mémoire et fiction s'articulent : autour d'une scène initiale, copiée et retravaillée, modelée par l'imaginaire et le désir, jusqu'à ressembler à tout autre chose.

Charlie, pas plus que le Charlie Hero qu'il devient, n'a rien à voir avec le vrai David, avec qui je n'avais plus de lien une fois que j'ai eu quitté le lycée ; c'est plus tard que j'ai renoué avec lui. Pour ce personnage, je me suis inspiré d'autres garçons que je connaissais de la scène punk, dont le fameux « Bromley Contingent », composé de plusieurs de mes amis de l'époque. Et Charlie Hero est devenu un individu à part entière au fil des exigences du récit. Karim en est toujours amoureux et il continue de l'idolâtrer, même quand Charlie devient de plus en plus dingue et cruel. Quant à David, si lui-même avait pu être assez dingue à une époque, il n'a jamais été un méchant : il est plutôt resté le même garçon vulnérable, intéressant et doux.

Sachin, qui est en train de taper ces lignes, me parle d'un jeune de quinze ans qui le fascinait au lycée : il se tatouait les bras au stylo, portait une guitare dans le dos, des cheveux hérissés sur la tête, défiant ostensiblement le règlement.

Filles et garçons passent tous par une phase de vénération et d'identification. C'est une étape cruciale de l'enfance, quand celle ou celui que nous avons envie de devenir s'incarne dans un autre, soi idéal et modèle, dont nous sommes narcissiquement amoureux.

Nous nous formons à partir des autres, surtout à cet âge. Ils sont nos matrices sociales et sexuelles. Nos idoles nous semblent épargnées par les terreurs de la puberté, les peurs de la maladresse sociale, la défiguration physique que nous avons tous subie et qui nous fait passer de l'enfance à l'âge adulte. Est-ce qu'il nous arrive par la suite d'idéaliser des gens autant que lorsque nous étions au lycée ?

16/04/2024

Mon père a passé sa vie à travailler comme fonctionnaire à l'ambassade du Pakistan à Londres. Il écrivait parfois des articles sportifs pour des journaux indiens et pakistanais, couvrant des compétitions de squash ou de cricket. Il avait d'abord voulu être écrivain et pensait que c'était une compétence qui pouvait s'acquérir en lisant des livres. C'était un lecteur passionné de manuels d'écriture, bien moins nombreux à l'époque qu'aujourd'hui. Parmi ses ouvrages, on trouvait des classiques tels que *Becoming a Writer* de Dorothea Brande et *Le Zen dans l'art de l'écriture* de Raymond Bradbury. Comme il aimait parler de ces textes et de ce qu'il appelait « le fonctionnement technique de l'écriture », je les avais lus aussi, espérant y glaner quelques tuyaux. J'ai continué à en lire et à les collectionner, tant et si bien que j'en ai plusieurs rayonnages de bibliothèque. Ces manuels sont un bon moyen d'éviter de se mettre à écrire. Certains de ceux que je préfère font partie de l'abondante collection de volumes d'entretiens de la *Paris Review*, où l'on trouve les descriptions les plus honnêtes et les plus réalistes des souffrances, des angoisses et des plaisirs qui habitent l'écrivain au quotidien.

Tous ces livres ont été publiés avant que l'on se mette à accoler systématiquement le mot « créative » à celui d'« écriture ». J'aimerais savoir quand cet ajout stupide et redondant est devenu une habitude car j'aurais bien envie de mettre une baffe à celui qui a eu cette coupable initiative.

Les derniers manuels parus d'écriture prétendument créative – j'en ai lu plusieurs, dont certains me citent, d'ailleurs – sont en parfait accord avec notre époque néolibérale : ils sont bien plus prescriptifs et dogmatiques sur tout ce qui concerne la forme et la structure que ceux avec lesquels j'ai grandi. Ils sont surtout conçus pour des gens qui écrivent pour le cinéma et la télévision : on vous y explique où et quand il faudrait introduire un conflit, un paroxysme, et souvent même à quelle page. Ce formatage à coups de recettes ressemble plus à des directives pour vous aider à remplir un album de coloriage par numéro qu'à des conseils pour écrire. Il n'y a aucune perspective créative, l'idée étant de proposer des produits pour le petit écran plutôt que de voir émerger des œuvres intéressantes et originales.

De Shakespeare à *Hollyoaks*, on nous dit qu'une scène est forcément organisée autour d'un conflit : entre individus, entre classes, races, pays, voisins, ou toute autre catégorie. Ce serait assez bizarre, expérimental et intéressant – comme le mouvement de l'Absurde a pu le faire – d'écrire une pièce ou un film où tous les personnages seraient gentils entre eux, où ils s'offriraient des cadeaux, échangeraient des paroles flatteuses, feraient merveilleusement l'amour et résoudraient toutes les guerres par une poignée de main assortie d'une embrassade. On se retrouverait avec un scénario composé uniquement de fins heureuses.

Je suis à l'hôpital depuis décembre et, alors que nous abordons les tout premiers jours du printemps romain – probablement la saison italienne la plus agréable, quand il ne fait pas encore trop chaud –, j'ai de plus en plus de visites. De nombreux amis, venus exprès des quatre coins du monde, se sont mis à prendre soin de moi. D'autres étaient juste de passage à Rome mais ils en ont profité pour faire un saut à l'heure du déjeuner. Loin d'être conflictuelles, querelleuses ou pénibles, ces conversations m'apportent divertissements et informations ; elles sont pleines de drôlerie, de rires, elles m'aident à m'oublier.

Mais je me demande – c'est plus fort que moi – comment les autres me voient maintenant que je suis infirme. Est-ce qu'ils me trouvent répugnant ? Est-ce qu'ils me plaignent ? M'aiment-ils plus, moins ou autant ? Suis-je devenu une sorte de test d'amour pour eux ? Auront-ils envie de revenir ? Se diront-ils qu'ils ont fait leur devoir ? Quelles émotions est-ce que je suscite chez eux ?

Parfois, je me sens honteux, voire humilié, de ce qui m'est arrivé. Je ne peux pas m'empêcher de me dire que, d'une manière ou d'une autre, tout est peut-être de ma faute. Mais ce sont des pensées morbides. Globalement, ma situation fait ressortir le meilleur de chacun et elle semble avoir le même effet sur moi. Ces amis généreux m'apportent toujours des cadeaux. Ils sont curieux, ils écoutent, ils ont envie de savoir comment je vais. J'ai reçu des amis proches, des connaissances, des gens que je connais à peine. Des quasi-inconnus m'écrivent pour savoir s'ils peuvent passer. Je dis toujours oui.

Isabella me rappelle que j'aime me plaindre de mon isolement, de mon abandon, de ma solitude mais chaque jour de mon agenda est plein ; c'est tout juste si je peux caser tout le monde. Parfois, certains partagent un même créneau. Quand j'étais à Londres, avant mon accident, je ne voyais presque personne, hormis les gens de ma famille mais, aujourd'hui, je suis devenu « un animal très social », comme le dit un ami.

Si vous lisez tel ou tel drame, vous en viendrez à penser que le monde est rempli de terreurs, de rapports sexuels pas terribles, de guerres. Il est vrai que je me suis moi-même retrouvé au cœur d'une catastrophe ; mais ça ne résume pas toute cette histoire et, si l'on devait tout raconter, il faudrait inclure de longs passages sur l'harmonie, la joie, le plaisir à être ensemble. On y verrait à quel point les gens veulent donner aux autres, à quel point ils sont altruistes. L'amabilité, la bonté, ce n'est pas franchement spectaculaire mais c'est très répandu.

29/04/2023

Je suis à Santa Lucia depuis le 14 janvier : ça commence à faire sacrément long. Ma santé mentale, en l'état actuel, ne tient qu'à un fil. Malheureusement, je n'arrive pas à devenir fou ; en même temps, ce n'est pas quelque chose que l'on puisse souhaiter. Je suis prêt à tout pour m'enfuir. Je voudrais surtout pouvoir rentrer à Londres même si cette perspective est plutôt de l'ordre du fantasme. J'aime à penser que tout ira mieux une fois que j'aurai retrouvé ma ville natale, mes amis, ma famille ; mais je sais aussi que ce ne sera pas nécessairement le cas. Tout va continuer à être difficile, c'est inévitable.

J'ai peur de partir d'ici. J'ai peur de rester ici. L'ennui m'accable. Je fais moins de kinésithérapie qu'avant ; j'ai fini la série de séances prescrites, ce qui veut dire que je suis allongé dans mon lit pendant des heures sans avoir grand-chose à faire.

J'ai du mal à lire. J'arrive plus ou moins à parcourir les journaux en utilisant une commande vocale. Un paraplégique qui vit à Milan m'a gentiment envoyé un MacBook Air, que je peux activer par le biais de Siri. Ce n'est pas une mince affaire que de hurler sur un ordinateur et ce n'est pas toujours très efficace. J'écoute des livres audio mais, vu ma situation, ces expériences ont tendance à tourner court car mon humeur sinistre les contamine.

Le Maestro a quitté la chambre ; il a de nouveau attrapé une pneumonie et on l'a retransféré dans un hôpital de soins généraux pour une prise en charge lourde. Miss S. part la semaine prochaine vivre dans un appartement à Rome. Avec ces indéfectibles amis qui s'en vont, je me sens abandonné. J'essaie d'organiser mon rapatriement sur Londres mais les démarches sont longues et compliquées car il faut que je passe par le système de santé britannique du National Health Service. Mon cas doit d'abord être évalué par un hôpital généraliste avant que l'on puisse me placer dans un établissement spécialisé en rééducation situé en banlieue de Londres.

Je me sers régulièrement du Lokomat, j'ai surmonté ma peur de cette machine à marcher, on me dit que je suis en progrès. Je n'ai plus de vertiges. C'est formidable d'avoir l'illusion de bouger à nouveau et, la demi-heure durant laquelle je « marche », j'imagine que je me promène le long de la rivière d'Hammersmith avec notre chien Cairo. Les choses ordinaires me manquent et je me demande si je pourrai les refaire un jour.

J'échange au téléphone avec mon analyste toutes les semaines. La conversation que j'ai avec lui s'étale sur presque trente ans mais il continue de me faire part de nouvelles remarques que je trouve toujours stimulantes. C'est une relation unique : j'ai passé plus de temps à parler avec lui qu'avec mes parents et je lui confie des informations intimes plus qu'à mes amis. Certains de mes écrits sont directement issus de nos discussions et, quand j'étais allongé sur son divan, pendant ces longs silences utiles, j'avais des tonnes d'idées. Une fois, je lui ai demandé si ses autres patients, dont certains sont des écrivains, lui parlaient de leur travail. Il m'a répondu que la plupart n'en disaient rien : ils avaient d'autres problèmes.

Carlo est arrivé hier et il m'a rasé, comme Sachin la semaine dernière. Nous nous sommes promenés dans le parc tout en discutant ; j'adore les écouter me parler de leur vie et de ce qu'ils font. Ça permet aussi à Isabella de faire un break. C'est horrible de se sentir impuissant ; ne plus pouvoir me servir de mes mains est la pire chose qui me soit arrivée. Je prie pour qu'un jour, je retrouve une certaine mobilité, au moins d'une main.

30/04/2021

C'est le matin et je bavarde avec Lady G., qui m'a apporté des pasticcini et un cappuccino. Nous avons régulièrement de longues conversations sur des problèmes de famille, des débats à propos de l'IA, de politique et de tout ce qui nous vient à l'esprit. Aujourd'hui, on parle de vocation. Une fois, alors qu'elle travaillait avec un étudiant brillant, elle avait commis l'erreur de lui demander pourquoi il voulait être infirmier et pas médecin. La question l'avait blessé ; il n'avait jamais songé à devenir médecin ; et devenir infirmier ne signifiait pas que l'on était un médecin raté. Pour lui, c'était une vocation pleine et entière. Quand il était enfant, une infirmière avait aidé sa mère malade : c'est à partir de là qu'il avait su ce dont il avait envie. Rien ne l'en détournerait.

Dans chaque petite ville, dans chaque grande ville à travers le monde, il y a des hôpitaux où des infirmières et infirmiers travaillent avec dévouement. Si j'en crois les discussions que j'ai eues avec plusieurs d'entre eux, puisque je passe la majeure partie de mes jours, et certaines de mes nuits, en leur compagnie – et sachant que je ne connaissais personne de ce milieu avant –, tous estiment que ce métier est une vocation, un sacerdoce, une façon de concevoir la vie. Ils m'habillent et me déshabillent, nettoient mon corps, parties génitales et fesses comprises, récurant tout. Ils me brossent les cheveux, changent mes pansements, me nourrissent, lancent des discussions, insèrent des suppositoires, changent mon cathéter, me brossent les dents, me rasent et me transfèrent du lit au fauteuil – tel est leur lot quotidien. Ils ont été bien formés, ils sont compétents, très habiles quand il s'agit d'utiliser des équipements médicaux complexes : ils ont un métier technique qui n'est pas facile.

Tous sont toujours très gais, ils chantent, font des blagues, mais aucun n'est très bien payé. Les salaires sont sans doute plus bas en Italie qu'au Royaume-Uni et cela fait des années qu'ils font ce métier mais, de ce que je peux en dire, ils n'ont pas envie d'en changer. L'un d'entre eux m'a expliqué qu'il n'avait pas de petite amie parce qu'il était trop épuisé par son travail pour entretenir une relation amoureuse. Toutes ses séries télé préférées se déroulent dans un hôpital ; il adore les fictions qui racontent des histoires de populations entièrement ravagées par des maladies mortelles.

J'ai la phobie du corps des gens que je ne connais pas. Je n'aurais aucune envie de leur faire de piqûres, de leur faire avaler des gélules, de les retourner, de leur couper les ongles et de leur faire la toilette. Est-ce que j'ai quoi que ce soit en commun avec celles et ceux qui exercent ce métier ? Est-ce que je peux seulement les comprendre ?

La notion de vocation a une dimension sexuelle puisqu'une telle orientation, de même que notre sexualité, n'est pas négociable : c'est quelque chose qui nous attire irrésistiblement. C'est la vocation qui vous choisit et non l'inverse. Si on la compare avec la sexualité, on pourrait dire qu'un tel engagement est comme une perversion ; vous ne pouvez pas vivre sans et vous y revenez de manière compulsive. De même qu'il est impossible de me faire renoncer à mon désir d'écrire. Il est au centre de qui je suis.

Les rituels quotidiens des écrivains professionnels m'ont toujours fasciné. Le temps qu'ils passent rivés à leur bureau, s'ils utilisent un stylo-plume ou une machine à écrire, combien de mots ou de pages ils aiment écrire par jour. Détails sans importance, mais pas pour moi.

Je lisais récemment un article à propos d'un écrivain très connu. (Je devrais préciser ici que c'est Isabella qui le lisait à voix haute puisque je ne peux pas me servir de mes mains pour prendre un livre ou un magazine ; heureusement, j'ai la chance d'aimer sa voix et son accent.) L'écrivain en question produit deux romans par an. Il passe environ dix heures par jour à écrire et a déjà publié à peu près cent trente livres.

C'est un niveau d'obsession que je n'envie pas et auquel je n'aspirerai jamais. J'ai toujours passé des jours entiers sans écrire – souvent parce que j'avais mieux à faire, des choses plus intéressantes – et je me demande parfois s'il serait totalement destructeur, ou libérateur, d'arrêter du tout au tout. En fait, je n'ai jamais passé une semaine sans écrire. Quand je finis par m'y mettre, je suis toujours épaté que les mots me viennent aussi naturellement. Mais ça n'a jamais cessé de m'angoisser.

Quand Isabella a eu fini l'article sur cet écrivain obsessionnel qui, une fois, est allé jusqu'à écrire trente-six heures sans s'arrêter, elle m'en a lu un autre, trouvé lui aussi sur l'excellent site *Arts and Letters*, qui parlait de l'écrivain japonais Haruki Murakami. Lui a une autre forme d'obsession, qu'il décrit dans son recueil d'essais intitulé *Profession romancier*. Apparemment, il ne passe pas une journée sans avoir écrit seize cents mots. C'est beaucoup. J'ai tendance à me dire que j'ai de la chance quand j'arrive à en produire une centaine par semaine.

En y repensant, je me suis demandé avec inquiétude si je n'étais pas paresseux. Je serais incapable de rivaliser avec Murakami. Mais, bref, décidai-je, le nombre de mots n'a aucun intérêt. C'est comme si un architecte voulait s'assurer qu'il a monté deux cents briques en une journée. Ce qui importe, c'est l'idée, la forme du texte, sa force.

On peut utiliser l'écriture – quand on est assis, seul dans une pièce, à taper – comme un refuge, une cachette. On se dissimule aux yeux des autres, du monde, pour vivre intégralement dans sa tête. Mais il serait utile de se rappeler qu'il pourrait exister des lieux plus nourrissants que notre seule imagination.

Aujourd'hui encore, j'aime réfléchir au sens que le travail d'autres écrivains a pu revêtir pour moi ; quel drôle de monde serait le nôtre s'il n'y avait pas d'histoires, de romans, de journaux, de blogs, de séries télévisées ni de films. Les écrivains soignent l'âme humaine tout au long du chemin difficile où elle pérégrine durant cette vie impossible.

Enseigner peut être une activité qui serve de complément à l'écriture. J'ai commencé à donner des cours d'écriture la première fois que j'ai travaillé au Royal Court Theatre, j'avais une petite vingtaine d'années et je n'ai jamais arrêté depuis. Je me pose souvent la question de savoir, comme la plupart des professeurs, j'imagine, si ce que je fais sert à quoi que ce soit de bon. Mais ça me plaît. J'aime parler structure, organisation, voix, agents, maisons d'édition et séries télé. La vie de mes étudiants m'intéresse et je suis heureux de les voir progresser. Je reconnais qu'il est parfois pénible de lire ce qu'ils ont écrit. Le vrai talent est rare, surprenant ; c'est un don, auquel on accède grâce à une discipline, mais qu'on ne peut pas acquérir dans le cadre d'un cours. Bizarrement, les écrivains sont souvent plus intéressants que leurs œuvres. Enseigner aussi est un sacerdoce, qui me semble nécessaire. À l'issue d'une fructueuse session, j'ai le sentiment que j'ai fait quelque chose d'utile et que j'ai aidé quelqu'un, sachant que mon écriture s'est justement améliorée grâce à de bons éditeurs et à des lecteurs perspicaces qui savent parler d'écriture.

Une bonne nouvelle et une mauvaise nouvelle. La bonne nouvelle, c'est que Miss S., couronnée de ses cheveux bicolores, va enfin pouvoir rentrer chez elle, avec un peu de retard après avoir passé six mois ici, mais elle reviendra pour nager et utiliser la salle de sport. La mauvaise nouvelle, c'est que le Maestro, avec qui j'étais content de partager une chambre, est mort dans son autre hôpital. Isabella s'est rendue aux funérailles, j'étais désolé de ne pas pouvoir y être. C'était un homme gentil, plein de talents, et c'était un bon ami. Il manquera à sa compagne et à ses deux filles.

Avec Isabella, nous continuons d'échafauder des plans pour revenir à Londres. Il est temps. Je suis dans le même endroit, quasiment la même chambre, en compagnie d'Isabella, depuis quatre mois et je suis surpris de n'être finalement pas plus fou que je ne le suis actuellement. Évidemment, nous sommes tous les deux épuisés.

16/05/2023

Plus tôt dans la semaine, j'ai eu la chance de recevoir la visite d'une ancienne étudiante qui a vécu ses premières années au Nigeria et qui travaille sur un roman qui se déroule là-bas. J'ai seulement lu le début car je n'ai pas pu aller très loin. (Je n'ai pas encore réussi à saisir comment faire défiler un document sans l'aide d'Isabella.) Quoi qu'il en soit, une fois que cette étudiante a eu rédigé une bonne partie du livre, elle a décidé de le faire lire, non pas à un éditeur, ni à un ami, ni à un directeur de la publication ou un agent, mais à ce que l'on appelle aujourd'hui un « lecteur en sensibilité ». Elle s'inquiétait de savoir si son travail était politiquement correct, si le manuscrit franchirait la porte d'une agence et, surtout, d'une maison d'édition. C'est une tendance que j'ai remarquée chez d'autres étudiants et aussi chez d'autres éditeurs : les gens se demandent si tel texte pourrait être condamné pour sexisme, racisme, appropriation culturelle, etc. C'est devenu l'une des premières préoccupations des jeunes écrivains aujourd'hui.

Un autre étudiant à moi avait écrit un bon roman à suspense où il adoptait le point de vue d'une lesbienne américaine et volage mais il s'est fait sérieusement critiquer par le chargé de travaux dirigés. Comment avait-il pu imaginer un seul instant qu'il était américain et, plus encore, qu'il était lesbienne ? Le jeune homme s'est ensuite retrouvé au cœur d'un imbroglio terrible à propos de qui pouvait écrire quoi, depuis quelle perspective. Il a réécrit son texte pour en faire quelque chose de bien pire, s'étant laissé convaincre qu'il avait commis un délit romanesque en s'insinuant dans l'esprit d'une autre.

Certaines personnes ont des fonctionnements de censeurs, ils sont ravis, peut-être même excités, à l'idée de contrôler le discours et la liberté d'autrui. Au sein de la gauche, on trouve des gens qui ne cessent de brandir une bien-pensance hargneuse et un puritanisme autodestructeur. Les auteurs que je préfère, ceux avec lesquels j'ai grandi, sont les plus déchaînés, les plus insensés, ce sont les plus inconvenants, qui n'en ont rien à faire. Dostoïevski, Plath, Rhys, Céline, Burroughs, Miller, Baldwin. Je pourrais en citer tellement d'autres et vous auriez une liste de ceux qui sont parmi nos artistes les plus immenses et les plus admirés. Ils écrivaient sans peur, sans inhibition ; pourtant, nombre d'entre eux ont été persécutés et condamnés. Pensez à ce que le grand Salman Rushdie a dû affronter au nom de la satire et de la critique de l'autorité.

Avec la fatwa de février 1989, j'ai pris conscience pour la première fois qu'il pouvait y avoir des conséquences dans la vraie vie d'attaques romanesques contre des régimes et des institutions tyranniques. Suite à cet événement, je sais que certains écrivains ont pris peur et n'ont plus osé évoquer librement leur vision politique de l'Islam ni même des musulmans en général. Aujourd'hui, c'est pire que jamais.

Le travail de l'écrivain consiste à offenser, blasphémer, choquer, voire à insulter. Comme le disait Kafka dans un de ses carnets : « Un livre doit être la hache qui brise la mer gelée en nous[1]. » La culture ne devrait être ni inoffensive ni accommodante, elle devrait nous effrayer, peut-être même nous alarmer. Ce que font les écrivains, c'est de mettre le monde sens dessus dessous, de faire état d'opinions qui vont à l'encontre des tendances dominantes. Ce n'est pas notre boulot de plaire, nous sommes là pour provoquer, pour que l'on réfléchisse autrement à nos corps, à notre sexualité, à la politique, à la normativité.

Qu'est-ce qu'un « lecteur en sensibilité » aurait fait des textes de D. H. Lawrence ou de William Burroughs ? L'une des choses qui me frappe en ce qui concerne mes étudiants, c'est qu'ils sont déjà bridés.

Quand j'ai commencé à travailler sur *Le Bouddha de banlieue*, j'avais la ferme intention d'y aller de façon aussi désinhibée et libre que possible. J'en tirerais un récit comique et cochon, je l'écrirais sans retenue, je n'hésiterais pas à tout dire comme je le ressentais vraiment. Je ne cherchais pas à choquer mais je voulais raconter cette histoire de manière très franche.

1. Franz Kafka, lettre du 27 janvier 1904 à Oskar Pollak. Traduction de Laure Bernardi et Jean-Claude Rambach, *Œuvres complètes*, vol. 3, Journaux et lettres : 1897-1914, Pléiade, 2022.

Avant ça, en 1984, alors que je travaillais sur le scénario de *My Beautiful Laundrette*, le réalisateur Stephen Frears, qui n'est pas un adepte des textes particulièrement étoffés, m'avait donné une seule et unique consigne : en faire quelque chose « de plus salace, de plus scandaleux, de plus révoltant ». Ce qui m'avait libéré ; à la fin, je m'étais dit que c'était le premier texte où j'utilisais ma voix à moi. Repensant à mes débuts (avec *My Beautiful Laundrette*, *Sammy et Rosie s'envoient en l'air*, *Black Album* et *Intimité*), je me demande ce qu'un « lecteur en sensibilité » en aurait fait et à quel carnage j'aurais eu droit ; est-ce que j'aurais seulement pu avoir la carrière qui est la mienne aujourd'hui ? Je suis soulagé de ne plus être un jeune auteur, à devoir travailler dans cette atmosphère de gêne et d'appréhension, en pleine Corée du Nord de l'esprit.

Le Bouddha de banlieue regorge d'insultes raciales, de mots grivois, politiquement incorrects puisqu'il se cale sur le point de vue d'un jeune métis de dix-sept ans à l'esprit mal tourné.

Kier, qui est justement avec moi, et qui travaille dans une école, me décrit l'ambiance oppressante de peur et d'appréhension dans laquelle il se retrouve dès qu'il faut prendre la parole et dès qu'il s'agit de créativité.

On ne devrait pas oublier que l'insulte peut être un signe d'amitié ou d'admiration ; parfois, les gens se traitent de « salope » et de « trouduc » avec tendresse plus que par cruauté.

Cette attitude de surcorrection a été créée par la droite pour que, nous, les gens de gauche, les progressistes, nous ayons l'air ridicules et minables avec nos débats idiots sur le langage et la focalisation. Notre boulot, quand on se retrouve dans l'opposition en politique, ce n'est pas tant de nous déchirer que de créer un monde où il n'y aurait plus d'inégalités ni de racisme structurel.

Ce que l'on doit chercher à faire, ce n'est pas jeter de l'huile sur le feu de la droite à propos de désaccords mineurs, mais plutôt persévérer, parce que nous sommes des artistes courageux, aventureux, qui repoussons les limites de ce que l'on peut dire et penser.

21/05/2023

Soudain, Miss S. a fait irruption dans ma chambre. L'appartement où elle vient juste d'emménager à Rome a été conçu pour qu'elle y vive sans problème. Elle revient ici pour la piscine : la voilà donc, à côté de mon lit, souriante, riante, éclatante de nouvelles en provenance de l'extérieur.

Il semble qu'il y ait des gens très bruyants et pleins d'énergie par-delà nos murs. Il y a des odeurs, des goûts, des activités, un monde fou et irrésistible sans aucun rapport avec la maladie. C'était super de voir quelqu'un qui a réussi à effectuer cette transition entre l'hôpital et son chez soi. J'étais ivre de plaisir, malgré une pointe d'envie, de constater qu'elle pouvait aller où elle voulait avec une telle liberté, une telle joie.

Isabella et Tracey, qui est à Londres, se démènent pour me faire sortir d'ici mais les démarches et la paperasse ne sont vraiment pas rapides. Quand est-ce que je pourrai rentrer à la maison comme Miss S. ? La question reste sans réponse. Toutefois, comme me le rappelle la jeune femme, son état était bien pire quand elle était arrivée la première fois dans cet hôpital. Il ne faudrait pas que je me désole ni que je perde espoir, pas maintenant. Plus tard dans la journée, je l'ai vue marcher sur un tapis : j'étais tellement content pour elle.

Les jours passent lentement. Pourtant, ils sont remplis d'une activité que je ne pratiquais pas avant : la conversation. Comme je suis coincé dans mon lit jusqu'à la mi-journée et que la seule personne à me rendre visite est Lady G., et comme elle a du temps à me consacrer et qu'elle m'apprécie beaucoup, nous faisons le maximum pour animer nos discussions. Nous ne sommes pas pressés ; nous n'avons aucun passé commun. Tout ce que j'apprends est nouveau et elle ne met aucune barrière à notre exploration. On parle de travestissement, des gens qui se marient avec la mauvaise personne, d'un ami qui a été frappé par la foudre, de violentes disputes entre frères et sœurs, de ceux qui, en particulier à la radio, ont cette drôle d'habitude de commencer leurs phrases par « du coup ».

Aux environs de midi, Isabella arrive pour s'occuper de moi jusqu'au repas du soir et nous passons l'après-midi à parler, jusqu'à ce qu'elle parte. Un ami me demande ce que nous avons encore à nous dire après tant d'heures ensemble dans cette institution déprimante ; dans un premier temps, je n'ai pas su quoi répondre. Spontanément, j'aurais eu envie de lui dire : « De tout. » C'est comme avec Lady G., il y a rarement des blancs dans la discussion et nous ne nous ennuyons jamais.

J'ai toujours des amis qui viennent de Londres pour me voir, pour partager les derniers potins sur les gens que l'on connaît, pour évoquer aussi les analyses préoccupantes de l'effondrement de la civilisation. Mes journées ne ressemblent en rien à celles d'avant, quand je passais mon temps à lire, à écrire, à traînailler sans but chez moi, perdu dans mes pensées. Mis à part Isabella, les seules personnes que je voyais étaient mes gamins, avec qui je sortais promener le chien l'après-midi.

Depuis mon accident et mon changement radical de vie, je dialogue énormément avec les autres. Si mon existence antérieure me manque à cause de certains trucs que je ne peux plus faire – me gratter les fesses, aller au restaurant –, ces échanges se révèlent d'une nouveauté fascinante.

De quoi est-il question dans ces moments-là ? Avec un ami, nous avons une discussion sincère à propos de son enfant autiste, lequel n'est pas facile à vivre. J'ai également un long échange sur le crâne chauve de Pep Guardiola et de Erik ten Hag, pour savoir s'ils se rasent tous les jours, s'ils sont tracassés de voir la forme étrange, surprenante même, de leur tête respective. J'ai une conversation avec un autre ami dont le fils s'est converti à l'islam pour faire plaisir aux parents de celle avec qui il a envie de vivre sa vie. Des discussions avec mes fils sur le fait que Manchester United aurait besoin d'un nouveau buteur et sur les salaires exorbitants que touchent maintenant les joueurs de premier plan. On parle beaucoup aussi de la dernière balade au pub de notre chien Cairo, de ceux qui l'ont gratouillé, caressé, de son goût pour le métro, où lui aussi prend place sur un siège. Les gens aiment raconter des anecdotes sur leur chien, mais ils aiment aussi raconter leur vie, si vous leur en laissez l'occasion.

Quand j'étais gosse, l'un de mes moments préférés, c'était lorsque mon père m'emmenait à Londres, le week-end, pour aller regarder le cricket à la télévision chez mes oncles ; ils habitaient au Pakistan mais venaient passer l'été en Grande-Bretagne. Ils buvaient de la bière, fumaient, invitaient des amis et occupaient ces deux jours entiers à « tailler le bout de gras », comme ils disaient. Ils formaient un groupe soudé d'hommes instruits, souvent cruels, parfois brutaux. Je comprenais pourquoi mon père s'était sauvé en banlieue, en partie pour leur échapper. Il était l'un des plus jeunes de la bande et je voyais bien qu'il bataillait pour tirer son épingle du jeu. Ils se disputaient sur des questions politiques, ils racontaient des blagues et rivalisaient d'idées pour se faire rire les uns les autres. C'était un badinage fantastique, mais dangereux aussi. J'adorais chaque minute passée en leur compagnie – je voulais leur ressembler quand je serais grand.

La conversation est parfaitement inutile, dans le bon sens du terme. Elle est anticapitaliste : on ne peut pas gagner d'argent en discutant ; pas moyen d'en tirer de profit matériel. Il n'y a que le plaisir d'être assis avec un autre être humain, à l'écouter, le temps d'un échange éphémère qui n'a aucun sens au-delà d'une gratification temporairement partagée. Il y a des rires, des plaisanteries, des taquineries, des sujets graves. C'est mieux, moins tracassant et plus satisfaisant que le sexe, et ça dure plus longtemps.

La conversation est comme un jeu pour adultes ; d'ailleurs, c'est bel et bien un jeu. Grave et légère, futile et primordiale, une conversation n'a rien à voir avec une réunion, un métier ou une carrière. Il ne fait aucun doute que certains sont plus doués que d'autres. On pourrait même dire que cette aptitude est la plus fondamentale des spécificités humaines et que ce que nous apprécions le plus chez les autres, c'est leur conversation. Ceux qui sont infoutus de tenir une conversation ne sont d'aucun intérêt. À l'inverse, quand les gens sont passionnants, on a franchement hâte d'écouter ce qu'ils ont à raconter.

Aussi essentiel que l'art de la conversation, il y a l'art de l'écoute, cette envie de connaître les autres, de s'en délecter. C'est un art où l'on peut s'améliorer en développant une compétence qui consiste simplement à écouter ce que les autres ont à dire.

J'adore les secrets – pas particulièrement les miens, malgré tout – et, ce que je préfère dans une conversation, c'est recueillir des confidences. Les secrets sont la monnaie d'échange de l'intimité. J'ai envie que l'on me raconte des choses que peu d'autres ont entendues. Pour y arriver, il faut savoir amadouer, charmer, user du silence ; il faut savoir être aventureux, précautionneux, surtout si l'on ne connaît pas bien la personne. Mais, si vous êtes perspicace, vous entendrez des récits ahurissants, scabreux. Tous les gens ont quelque chose à cacher, qu'ils n'ont jamais dévoilé, qu'ils souhaiteraient que vous sachiez et qu'ils vous diront si vous leur en donnez la possibilité. Tout le monde a envie d'être vu. On pourrait appeler cela « le moment du romancier », quand on entend quelqu'un nous faire une révélation horriblement juteuse alors que l'on trouvait la personne relativement ordinaire. L'ordinaire n'existe pas. Vous le comprendrez petit à petit, si vous prenez suffisamment le temps d'écouter et que vous attendez.

10/06/2023

Les choses vont en s'améliorant. Nous partons mardi pour rentrer à Londres, enfin. Bizarrement, on s'attache aux lieux même si l'on y a passé des lustres, allongé sur le dos, à regarder une mouche marcher au plafond. À chaque fois que je retrouvais mon lit, je cherchais des yeux cette mouche, me demandant comment elle allait. Est-ce que j'étais devenu cet insecte, à explorer toujours le même recoin, cherchant la sortie ? Mais je savais qu'il n'y avait pas d'échappatoire pour la mouche et, un jour, elle disparut.

Isabella s'est retrouvée enterrée ici avec moi, à me gratter la nuque, à me raser, à me limer les ongles de pieds, à me faire la lecture, à me donner à manger et à supporter mes récriminations. Alors que cette situation touche à sa fin, une autre – peut-être plus inconfortable encore, nous n'en savons rien, nous verrons bien – va la remplacer.

On m'emmènera en taxi à l'aéroport, où je prendrai un vol commercial ; il y aura une étape dans un premier hôpital de l'ouest de Londres, puis dans un deuxième, suivi, je l'espère, par un séjour plus long dans un établissement spécialisé en rééducation. Pendant des mois il ne se passe rien ; puis, tout arrive d'un coup.

Ce retour est le résultat des efforts conjugués de Tracey, Isabella et Lady G., ainsi que de l'aide apportée par les médecins de Santa Lucia, qui ont été excessivement efficaces.

J'ai hâte de retrouver ma ville natale ; en fait, j'ai hâte de pouvoir retrouver tout et n'importe quoi. Depuis six mois, mon environnement visuel s'est limité à cette chambre et à la terrasse à l'extérieur du bar. Les températures remontent, le soleil revient et, bientôt, il fera chaud. Le temps a tellement ralenti qu'il est presque à l'arrêt, un peu comme quand on est enfant. Ce n'est pas que j'avais une vie palpitante avant mon accident mais c'est juste que j'étais libre.

Dans un autre ordre d'idées, il y a des années de ça, j'avais lu la moitié d'un roman de Cormac McCarthy et j'avais dû m'arrêter. Je ne lis pas beaucoup de fiction. Je regarde des films mais je n'apprécie plus tellement de lire ou d'écrire des histoires inventées. Je ne sais pas pourquoi. Je lis beaucoup les journaux, même les plus crapoteux, et j'ai beaucoup d'admiration et de respect pour les journalistes, surtout les journalistes sportifs, que je lis avec avidité. Ça doit être difficile pour eux de coller à la vérité tout en s'efforçant de rendre la chose passionnante ; il faut sans cesse courir après les informations, les vérifier. Quant au texte de Cormac McCarthy, dont j'ai oublié le titre, il était tellement bluffant que c'en était à la limite du supportable ; il y a des livres comme ça. Quand j'ai commencé à écrire, tout me venait de la même manière que lui, raison pour laquelle il m'a fallu interrompre cette lecture, que je n'ai jamais cherché à reprendre. Je me demande si d'autres écrivains ont déjà fait ce genre d'expériences.

Demain, Lady G. nous emmène déjeuner dans le centre de Rome, grâce à une permission spéciale accordée par l'hôpital. Ce sera une façon de nous entraîner pour notre voyage de retour à Londres. Je suis impatient de manger enfin des pâtes aux palourdes, avec un verre de vin, le premier en six mois.

17/06/2023

HÔPITAL CHELSEA
AND WESMINSTER, LONDRES

Je suis rentré chez moi ou, tout du moins, me voilà de retour dans la ville où je suis né. Mon vrai chez moi, la maison où je passais le plus clair de mon temps avant mon accident, ce n'est pas encore pour tout de suite.

Le trajet.

C'était la première fois que je voyageais en tant qu'invalide. Assis dans mon fauteuil roulant sur le parking de l'hôpital de Rome, entouré de Carlo, Kier, Isabella et de Lady G., j'ai senti un poids s'abattre sur mon cœur. Pour me conduire à l'aéroport, ils avaient réservé un véhicule qui ressemblait à une fourgonnette d'artisan. Vieille, déglinguée et, plus embêtant, un peu petite. Le conducteur installa une rampe brinquebalante, vint se poster derrière moi et commença à essayer de me pousser à l'intérieur. On ne peut pas dire que je sois grand mais, très vite, il fut clair que je n'allais pas pouvoir rentrer dedans. Au niveau du toit, ma tête ne passait pas.

La veille, je m'étais demandé pourquoi Isabella avait absolument tenu à prendre mes mesures, à deux reprises : peut-être pour mon cercueil. Là, avec Lady G., elles discutaient de savoir si on gagnerait un peu de hauteur en retirant le coussin de sous mes fesses ; mais impossible de tirer dessus alors que j'étais dans le fauteuil. De toute évidence, je ne pourrais pas tenir à l'intérieur sans quelque dégât au niveau de la carrosserie ou de mon crâne.

Finalement, on nous proposa une camionnette plus grande, qui nous achemina sans problème jusqu'à l'aéroport. Quand on est handicapé, on monte le premier dans l'avion et, rien que ça, vous imaginez bien, c'est l'enfer. Nous avons attendu deux heures supplémentaires avant de décoller et nous sommes restés coincés une heure encore sur la piste d'atterrissage à Londres.

J'ai dû attendre que tous les passagers débarquent et, comme j'étais assis à la tête de l'avion, côté couloir, la plupart des gens me bousculaient au passage, tout en me jetant un regard apitoyé. Puis, on m'a emmené à l'autre bout de l'appareil sur un siège motorisé large comme un bâtonnet à cocktail.

Quatre heures plus tard, nous étions dans un taxi empruntant le passage supérieur d'Hammersmith. Je pouvais presque apercevoir ma maison. C'était un crève-cœur ; je voulais rentrer chez moi, je n'avais aucune envie de retourner dans un autre hôpital. Mais je n'avais pas le choix. J'en aurais pleuré.

Dans ce nouvel hôpital, on nous a laissés aux urgences jusque tard dans la soirée ; des patients désespérés attendaient là aussi tandis que d'autres, visiblement saouls ou fous, faisaient les cent pas dans les couloirs, poursuivis par les agents de sécurité.

Actuellement, je suis installé dans une chambre individuelle. Le bâtiment est relativement neuf mais il a déjà l'air un peu daté, avec une architecture qui rappelle les centres commerciaux des années 1990. Le personnel infirmier est aussi joyeux et gentil qu'en Italie. À l'inverse, en Italie, tout le monde était blanc. Ici, les seuls blancs que je vois sont Isabella et mes amis. Les accents sont multiples et variés. Des médecins sont également arrivés d'Inde après le Brexit pour prêter main-forte au NHS. Il y a aussi des Africains, des Afro-Caribéens, des Thaïlandais, des Philippins, des Irlandais, des Polonais, etc. La seule personne ici qui ait un anglais standard de classe moyenne, c'est moi. Avec cette façon de parler que j'avais sciemment adoptée vers vingt ans puisque, jusque-là, j'avais un anglais à moitié cockney, typique des banlieues sud de Londres où j'avais vécu, d'autant que cette zone avait accueilli bon nombre de Londoniens de l'East End quand ils avaient quitté leurs quartiers bombardés pendant le Blitz.

Cette chambre à un lit se trouve dans un service psychiatrique ; ils ont dû m'isoler car, en Italie, j'ai attrapé une bactérie nosocomiale résistante aux antibiotiques. Ma famille peut venir me voir mais on m'a dit que je ne pouvais pas quitter le service, ni même ma chambre, car je suis un danger pour les autres patients.

Les malades mentaux sont bruyants la nuit, ils ont tendance à hurler de détresse ; plusieurs essaient régulièrement de prendre la fuite en pyjama et, ensuite, il faut les maîtriser.

J'ai le moral au plus bas. Ça fait un sacré bout de temps que je n'ai pas été aussi déprimé. Mon état ne s'améliore pas, il se dégrade même. N'ayant pas pu faire de séances de kinésithérapie ici, mes mains mc paraissent plus engourdies qu'avant et j'ai l'impression d'avoir des jambes en béton.

Il y a un roulement d'amis – des écrivains, un réalisateur, un acteur, un chef cuisinier qui anime une émission télévisée – qui viennent me voir tout au long de la journée jusqu'en début de soirée, pour m'occuper sans cesse. J'ai peur de rester seul et j'ai peur de lasser la bonne volonté des uns et des autres.

On me dit que je peux sortir de l'hôpital pour me promener à condition que je porte un masque. Nous voilà donc dans la rue, Isabella poussant un fauteuil instable et sans repose-pieds, si bien que je n'arrête pas de basculer en avant. Elle est terrifiée à l'idée de me faire tomber entre deux voitures.

Elle est encore plus terrifiée d'apprendre que je prévois de me barrer le lendemain. Après le petit-déjeuner, on m'installera dans ce fauteuil, je sortirai du service, je prendrai un taxi, direction chez moi, pour retrouver cette maison que j'ai quittée il y a six mois, au moment des vacances de Noël. Isabella est inquiète, à juste titre, de m'entendre échafauder un tel plan de dingue mais je me le suis mis dans le crâne et je n'en démords pas.

Après une épouvantable nuit d'insomnie, de paranoïa et d'angoisse, j'ai décidé de renoncer à mon projet. Ce serait trop difficile et trop de stress pour tous les deux. Je convoque mes amis, ils sont là tous autour de moi, à écouter le terrible récit de mes insomnies et de mes peurs. J'ai des sueurs froides ; je n'ai pratiquement rien mangé depuis que je suis ici. J'ai des nausées presque tout le temps. Je ne me remets pas de ce que ma vie d'avant est perdue pour toujours. J'ai besoin de mes amis plus que jamais, je n'ai aucune envie qu'ils me laissent tomber.

27/06/2023

Nous faisons en sorte qu'il y ait une rotation permanente de visites, depuis dix heures le matin jusqu'à neuf heures le soir, de façon à ce qu'il y ait toujours quelqu'un avec moi. Isabella est là toute la journée mais n'importe qui est bienvenu, puisque chaque visite me permet de me détourner de ce sentiment que j'ai d'être piégé.

Le visiteur idéal reste au moins une heure. Ceux que je préfère sont les plus égocentrés, qui parlent de leur vie et qui amènent le monde extérieur avec eux. Comme je ne supporte plus de lire les journaux ni de regarder la télévision ni d'écouter des podcasts, les autres sont devenus mon seul divertissement. Quelques-uns font des imitations, prennent d'autres voix – n'importe quoi plutôt que de penser à tout ce dont je suis désormais privé, ou de me demander si, un jour, je retrouverais même une partie de ma vie d'avant.

Certains ne viennent qu'une seule fois, pour voir de quoi j'ai l'air et me présenter leurs hommages. D'autres viennent tous les jours : ce sont mes préférés. Il y a ceux qui restent trop longtemps et ceux qui s'en vont trop vite parce qu'ils doivent aller chez le coiffeur. Quand ils partent, c'est toujours une épreuve car je ne sais pas quand je les reverrai et j'ai peur qu'il y ait un battement avant le visiteur qui suit.

Un ami, plus sourd qu'il ne veut bien l'admettre, reste assis, la tête entre les mains, dans un silence presque total ; sa morosité finit par m'envahir. Un autre est plus malheureux que moi et je me sens obligé de lui remonter le moral comme je peux. Mes fils viennent presque tous les jours mais, en général, ils ne restent pas longtemps ; l'un d'entre eux est furieux que je sois dans cet état. J'adore écouter toutes leurs anecdotes. Parfois, j'ai tellement le cafard que c'est à peine si je peux parler.

Je suis là depuis plus longtemps que je ne l'aurais imaginé. Les démarches officielles sont exaspérantes. Le NHS n'aime pas accéder à mes requêtes : ils refusent de me laisser rentrer chez moi la journée, ou de me transférer dans un service avec moins de cris. Certains médecins trouvent plaisant de m'annoncer de mauvaises nouvelles, surtout en ce qui concerne ma bactérie nosocomiale. Quand ils me touchent, les infirmiers sont couverts de la tête aux pieds d'un Équipement de Protection Individuelle. C'est comme si j'étais un objet toxique alors même que je ne suis pas contagieux. Un médecin a confirmé que je l'avais probablement attrapée à Rome et que soixante-quinze pour cent du personnel soignant en étaient porteurs, bien qu'ils n'aient jamais effectué aucun test.

Il faut respecter un certain nombre de règles et de protocoles. Une psychologue à la mine enjouée est venue me voir mais je l'ai vite réduite à l'impuissance. Après tout, mon état dépressif est la conséquence de la réalité de ce qui m'arrive, pas de telle situation imaginaire ni de tel contexte historique. Au bout d'un moment, cherchant à se rendre utile, elle m'avait suggéré d'embaucher un auxiliaire de vie. Elle m'avait aussi recommandé, à mon retour chez moi, de prendre un chien, qui pourrait m'aider à ramasser des choses par terre, mon téléphone, mon portefeuille. Je lui ai expliqué que j'avais déjà un chien mais qu'il avait plutôt tendance à déchiqueter plus qu'à ramener ce qu'il trouvait. De manière générale, les psychologues et les psychiatres qui travaillent à l'hôpital sont nuls. Ils n'ont pas grand-chose à dire et, la plupart du temps, ils n'ont rien d'autre à vous proposer que des antidépresseurs.

J'ai constamment des nausées, je soupçonne que c'est à cause de la constipation. Le personnel infirmier me demande sans cesse si j'ai pu aller à la selle. Je songe d'ailleurs à écrire une histoire qui se déroulerait dans un hôpital et que j'intitulerais « Êtes-vous allé à la selle ? ». Je suis sûr que ça ferait un tabac. Je ne peux aller à la selle que si l'on m'administre un lavement, ce à quoi j'ai droit deux fois par semaine, et je ne peux pas uriner sans l'aide d'un cathéter. Bientôt, on va me perforer l'os pubien, ce qui permettra à l'urine de s'évacuer sans avoir à passer par mon pénis grâce à un drain directement raccordé à une poche de recueil.

À cause des nausées permanentes, je mange à peine. Peut-être une moitié de toast, une tasse de thé, un peu de chocolat, un morceau de melon et quelques cuillerées de macaroni au fromage. Des amis essaient de m'aider à retrouver l'appétit en m'apportant de délicieux petits plats mais il n'y a qui rien qui me tente. Tout est sans saveur, à part celle du carton-plâtre, tout est difficile à avaler. Je garde tout trop longtemps dans la bouche. Je n'ai aucun appétit. Aucune libido. Mes batteries sont à plat.

Une fois par jour, je me rends à la « salle », petite pièce lugubre située au-delà du couloir principal du service où je suis. Elle n'est pas très bien équipée, est assez sombre comparativement à ce qu'il y avait à Santa Lucia. C'est ça le service de santé public ici. Malgré tout, les kinésithérapeutes sont très gentils et pleins d'enthousiasme. Ils essaient de me faire bouger. Ils me mettent debout sans aucun palan ni aucune machine, en s'aidant uniquement de leurs mains et de leur corps. Le clou de la séance, c'est que j'aperçois la ligne des toits de Chelsea et de Fulham par la fenêtre. À ma droite, je remarque un placard avec un écriteau qui indique « Chaises de cirque en pièces détachées et Béquilles ».

Les nuits sont les pires moments. Généralement, je m'endors entre neuf et dix heures, puis je me réveille vers quatre heures, l'esprit tourmenté par d'horribles pensées, dans une solitude insupportable. Si j'ai de la chance, je me rendors jusqu'à sept heures. J'affronte la matinée sans personne jusqu'à ce qu'Isabella arrive vers midi. Quand elle part le soir, elle appelle David de Bromley, qui vit au Canada, et me le passe, ce qui nous permet de discuter une heure et demie. De sa voix grave et sonore, il me raconte des histoires divertissantes qui me mettent en condition pour la nuit. On l'a surnommé le Shéhérazade de Bromley.

Je me suis encore réveillé. Il est deux heures du matin. Un patient gémit, un autre tape sur sa table avec une cuillère. D'où je suis allongé, je vois un homme handicapé à moitié nu ramper par terre en tirant derrière lui une poche d'urine qui fuit. Plus tard, un patient aux allures de zombie, qui rôde régulièrement aux abords de ma porte, rentre dans ma chambre cette fois, s'arrête à côté de mon lit, me fixe d'un regard vide avant de repartir en traînant des pieds. Au matin, le personnel infirmier ferme ma porte et tire les rideaux autour des lits des autres patients. C'est comme ça que l'on sait qu'ils sont en train d'emmener le corps de quelqu'un qui est mort dans la nuit.

Il faut que je parte. Mais je dois d'abord m'occuper de faire réaménager ma maison avant de songer à la réintégrer. Je n'étais pas aussi déprimé à Rome, où j'avais hâte de revenir à Londres. Maintenant que j'y suis, la déception me soumet à rude épreuve et j'ai le sentiment que je vis dans un monde irréel.

02/07/2023

J'ai perdu l'appétit. Je ne peux pas manger plus de deux ou trois bouchées de melon ou de pain aux raisins. Parfois, j'arrive à avaler quelques carrés de chocolat ou une boisson protéinée et, chaque jour, un peu d'eau.

Mes problèmes biliaires font que je vomis. Quand je vois mes fils engloutir d'énormes sandwichs au saumon avec du fromage frais, je n'en reviens pas qu'ils réussissent à manger autant. La moindre nourriture me révulse ; rien ne me fait envie. J'ai perdu toutes mes illusions sur tout ce que j'aimais avant.

Il y a quelques semaines, David de Bromley s'est mis à m'envoyer de longues lettres où il parlait de la vie à Beckenham dans les années 1970, des occasions où il avait aperçu David Bowie dans des cafés du coin, de l'été où il était parti en Italie à moto, sous l'impulsion d'une reine du cuir homo qu'il avait rencontrée dans un atelier de réparation de Penge et qui l'avait invité à venir s'installer à Pérouse pour travailler dans un château à moitié en ruines. Là-bas, l'homme en question avait compris que David ne finirait pas dans son lit et il l'avait confié aux bons soins d'une femme plus âgée, qui avait un goût pour les jeunes.

Les gens disent que l'écriture, comme d'autres formes d'expressions artistiques, sont des activités cathartiques mais David, lui, se sent perturbé, désorienté de mettre noir sur blanc ce que ces événements importants des débuts de sa vie signifient pour lui aujourd'hui. Chaque jour, il m'envoie des pages supplémentaires, Isabella me les lit et, quand elle quitte l'hôpital, je l'appelle pour qu'on y revienne en détail. Il projette de transformer ces lettres en un récit plus long.

Nos conversations l'ont aidé à regarder autrement ce qu'il pensait avoir déjà digéré, lui permettant de mieux se comprendre. Ce fut un plaisir pour moi de retrouver une activité d'enseignement, d'une certaine façon. Et le cas de David est un bon exemple, concret qui plus est, de quelqu'un qui a recours à l'art pour réexaminer des expériences passées sous un autre angle. Ce qu'il n'aurait pas pu faire seul. La présence d'un autre, au minimum, a été déterminante dans le processus. Au moment où j'aborde une longue nuit de peur et d'abattement, ces conversations me font toujours énormément de bien. Je l'ai aidé à mon tour, de même que d'autres m'ont aidé jusque-là.

Il n'est pas surprenant que, déprimé et malade comme je suis, j'aie perdu toute libido. J'avais découvert à Rome que les médecins m'avaient prescrit une petite dose d'antidépresseurs, que je n'avais jamais réclamée et que je n'avais pas envie de prendre. Ici, dans ce nouvel hôpital, ils ont doublé la dose puisque, de toute façon, j'avais à peine remarqué que j'en prenais jusqu'à présent. Au fur et à mesure que je posais la question à mes amis, je m'apercevais que la moitié d'entre eux au moins avaient déjà pris des antidépresseurs ou qu'ils en prenaient. Certains ont dirigé des institutions prestigieuses grâce à leur traitement. L'un d'eux, constamment assailli de reproches une fois passé minuit, en prend depuis vingt ans et n'a aucune intention d'arrêter. Les gens me demandent quel type d'antidépresseurs on me donne mais je ne me souviens jamais du nom ou je n'arrive pas à le prononcer. J'avais toujours refusé qu'on m'en prescrive puisque j'avais déjà un moyen de me soigner avec la psychanalyse, que je poursuis d'ailleurs, au rythme d'une séance par semaine au téléphone. L'un de mes amis m'a dit : « Grâce aux antidépresseurs, tu te décides à aller à telle soirée et, grâce à la psychanalyse, tu t'éclates une fois sur place. » J'avais toujours évité ces médicaments parce que je ne voulais pas qu'ils m'embrouillent les idées dont j'ai absolument besoin pour travailler. Mais je suis au-delà maintenant. Je souffre plus que je ne mérite.

Je n'arrive pas à croire que je vis dans un service psychiatrique depuis trois semaines. C'est pire qu'une mauvaise blague. Les cris et les hurlements me perturbent. Toutes ces années durant, j'ai eu la chance de mener la vie que je voulais ; j'ai eu toute la chance du monde. Mais, aujourd'hui, le stock est passablement épuisé.

J'ai abandonné la fiction pour la conversation. Je ne peux plus gagner ma vie en inventant des histoires ; ça me paraît tellement artificiel en comparaison de toute cette absurdité. C'est dans ce genre de circonstances que vous découvrez la vraie nature de vos amis. J'aurais aimé avoir été quelqu'un de plus gentil ; si je décroche une deuxième chance, je le serai.

C'est l'été et, assis à l'extérieur de l'hôpital par une chaleur féroce, je partage une cigarette électronique avec Sachin. Le spectacle de la rue, à cet endroit où la circulation est dense, ressemble à un panneau de l'*Enfer* de Dante : les malades de l'hôpital, dans leur fauteuil roulant, certains avec des perfusions, beaucoup avec des cannes, vêtus de blouses médicales ; un bon nombre en train de fumer, quelques-uns en train de boire, mais tous dans un triste état.

Après quoi, je pars en promenade. Sachin, qui est costaud, me pousse sans hésiter pour traverser Fulham Road et nous nous embarquons dans un périple cahoteux jusqu'au cœur de South Kensington. Il aime bien manger dans les restaurants du coin et je lui raconte que je me souviens de ces rues que je parcourais dans les années 1970, à l'époque où je buvais pas mal, alors que le quartier était plus dur, plus bohème. On croise des nourrices avec des landaus, des domestiques philippins qui sortent des chiens, des jardiniers et des maçons qui charrient du matériel. Tout en cheminant, on commente le faste des propriétés environnantes, dont la plupart semblent vides et appartiennent vraisemblablement à des millionnaires étrangers.

J'ai de nombreux accrochages minables avec le chef de service à propos de ma porte de chambre, pour savoir si je peux, oui ou non, la laisser ouverte. Je suis claustrophobe, je fais des crises de panique et je déteste avoir la sensation d'être pris au piège. Lui affirme que je dois la garder fermée. Il m'est difficile d'argumenter car j'ai toujours des vertiges et je me sens faible, m'alimentant au mieux de morceaux de fruits et de yaourt. Les médecins n'ont pas réussi à résoudre ce problème, probablement dû à l'association des différents médicaments que je prends. J'essaie de me forcer à manger mais c'est laborieux car tout me dégoûte. L'ouverture que l'on a pratiquée pour placer mon cathéter se met à suinter : il est possible que j'aie une infection. J'attends de savoir. Seule bonne nouvelle : dans les prochains jours, je serai peut-être transféré dans un meilleur établissement spécialisé en neurologie, l'hôpital de Charing Cross, qui n'est pas très loin et qui est aussi plus près de chez moi et de ma famille.

Sachin insiste pour que je précise ici que j'ai eu la visite de nombreuses personnes intéressantes. Dans ma chambre, transformée en dernier salon où l'on cause, des amis entament des conversations passionnantes à propos de politique, de nourriture, de sexualité, des hôpitaux et de tout un tas d'autres sujets. Toutefois, j'ai beaucoup de mal à participer. Sachin est persuadé qu'un jour, je repenserai à toute cette période en me disant qu'elle a été captivante et que, peut-être, on ne peut trouver de sens à la souffrance qu'après coup ; mais, pour le moment, ce n'est pas mon sentiment.

19/07/2023

HÔPITAL CHARING CROSS, LONDRES

J'ai quitté l'hôpital précédent il y a quelques jours maintenant, ce fut un soulagement. C'était une maison de fous, pleine de bruits et de tragédies. On m'a transporté en ambulance jusqu'à un autre hôpital situé à quinze minutes, dans un service de neurologie spécialisé dans le traitement des patients avec traumatismes médullaires.

Ma nouvelle chambre est petite, grise et triste. Une télévision a été fixée au mur face au lit mais elle ne fonctionne pas malgré les tentatives de Sachin. La vue à ma gauche est mieux ; je suis dans les étages tout en haut et je peux profiter du ciel. Un avion passe toutes les deux minutes, traverse la fenêtre puis atterrit à Heathrow. Je pense aux passagers en train de ranger leurs affaires avant de descendre, je me demande si je reprendrai l'avion un jour.

Je me sens faible et je n'ai pas le moral ; j'essaie de continuer à m'alimenter malgré les nausées. Le médecin m'avait prescrit une radio abdominale qui nous a permis de constater que j'étais un vrai tas de merde, affligé d'une sévère constipation. Un infirmier clinicien m'a mis un doigt dans le cul pour essayer d'en vider une partie, ce qui m'a fait un mal de chien ; la douleur ne m'a pas quitté de la nuit, m'empêchant de dormir. Il y a des gens qui payent cher pour se faire doigter. Deux de mes visiteurs ont fait cette même plaisanterie.

Je continue les séances au téléphone avec mon analyste. Après trente ans à lui raconter mes rêves et à écouter mes silences, nous sommes devenus plus proches. Je lui dis que je l'aime énormément, je me demande s'il pourra venir me voir ici. Il me conseille de manger malgré le dégoût, il semble persuadé que je peux mobiliser une force de vie logée quelque part en moi, que je ne vais pas avoir envie de lâcher, même si c'est le cas la plupart du temps.

Hier, une bonne amie à moi est venue me voir et nous échangions avec plaisir toutes sortes de potins quand une femme que je ne reconnaissais pas est entrée dans ma chambre. Je savais que je l'avais déjà vue mais je n'avais aucun souvenir de son nom. Heureusement, elle s'est présentée. C'est quelqu'un que je croisais régulièrement au supermarché ou dans Brook Green, quand je promenais le chien. Elle avait trouvé l'adresse de l'endroit où j'avais atterri précédemment grâce à l'un de mes amis producteurs, puis elle s'était rendue à l'hôpital que je venais de quitter, où on l'avait redirigée ici. Nous avons un peu discuté de films, de politique et, finalement, elle est repartie pour son cours de Pilates. C'était bizarre d'avoir la visite de quelqu'un que je ne connais presque pas dans un lieu si intime, alors que j'étais en pyjama et que j'avais à peine pu en placer une. L'amie qui était là était gênée pour moi, trouvant que cette femme aurait dû appeler ou envoyer un texto mais je ne crois pas qu'elle ait mon numéro. Je me suis demandé si elle était venue par sympathie ou juste par curiosité. Elle ne m'avait pas vraiment posé de questions. En moi-même, je me fis la réflexion suivante : je ne suis pas une bête de foire.

L'environnement est calme ici et, la nuit, c'est le silence le plus total. Quand le soir tombe, j'écoute Radio 4 avant de prendre mes somnifères. J'essaie de ne pas penser à mes malheurs, bien qu'ils s'accumulent. Il y a encore d'autres trucs qui ne vont pas dans mon corps : à chaque examen que je passe, ils trouvent un nouveau problème, ça m'inquiète. Est-ce que je vais me sortir de cette affaire, ou mourir ici ? Je songe à me suicider en prenant des médicaments. Ce serait une délivrance. Un soir, j'ai dit à David de Bromley que j'avais l'impression que quelqu'un m'avait sélectionné pour subir tous ces tourments ; franchement, il y a erreur sur la personne, on n'a pas choisi la bonne ; bientôt, on va se rendre compte de l'injustice qui m'est faite, on mettra un terme à cette farce et je pourrai reprendre le cours normal de ma vie. Mais je sais parfaitement qu'il ne s'agit pas d'une méprise ; c'est la réalité, ceci m'est bel et bien arrivé à moi.

J'ai franchi une porte et je ne peux pas retourner en arrière. Tel est mon sort. Mais, au moins, je suis en vie, même si je suis coincé dans cette petite chambre grise, terrifié à la perspective qu'on me laisse seul. Épouvanté. Endommagé.

23/07/2023

Sachin me fait sortir de l'hôpital dans mon fauteuil sous une chaleur accablante. Je lui demande de rabaisser ma casquette de baseball pour me protéger les yeux. À gauche, j'aperçois un parking sinistre et, devant, une misérable allée entre deux mares répugnantes. D'ici, on voit très bien que l'hôpital se délabre à vue d'œil : des fils électriques et des panneaux pendent un peu partout, le bâtiment aurait besoin d'une sérieuse remise en état. À l'intérieur, les ascenseurs fonctionnent de manière complètement chaotique, certains ne marchent d'ailleurs pas du tout. Les portes à tambour qui mènent dehors sont souvent bloquées. La municipalité n'arrive pas à trancher entre détruire intégralement l'hôpital ou le rénover. Si l'on ajoute à ça la grève des internes, il est difficile de ne pas y voir le symbole du déclin britannique.

On avance le long de Fulham Palace Road, la rue est encombrée de voitures. Dans mon fauteuil, je me sens frêle, vulnérable. Les gens me regardent de haut, littéralement. Je ne peux pas croire qu'ils ne sachent pas ce que signifie se réveiller tous les matins en comprenant que vous ne pouvez pas vous servir de vos mains – quelle fin ça représente.

On arrive chez un barbier où un chaleureux Syrien me rase et me fait une coupe. Je suis choqué de voir à quoi je ressemble ; j'ai l'air maigre, presque émacié. Mes yeux et mon nez sont plus gros que d'habitude. Mais, ces derniers temps, j'ai pu chier à la perfection après avoir pris des laxatifs en rafales et j'ai retrouvé l'appétit. J'ai englouti un sandwich au halloumi, ce qui est plus que tout ce que j'ai mangé depuis que je suis rentré d'Italie. Je sens que j'ai moins froid.

Cet hôpital constitue une amélioration indéniable. On y est plus tranquille. Il n'y a pas de fous qui se traînent par terre à moitié nus même si les lieux ont leurs propres toqués. Je pense à un homme très mal en point qui arrive à peine à marcher mais, malgré ça, il a réussi à tout broyer dans sa chambre la nuit dernière, il a insulté le personnel, si bien que les agents de sécurité ont dû le maîtriser. Dans la journée, je suis fatigué la majeure partie du temps, puis je m'endors de bonne heure, appréhendant les rêves à venir ; je me réveille dans le noir vers onze heures et, dans cet état d'agitation où je me trouve alors, j'écoute en livre audio le magnifique *Money, Money* de Martin Amis. Le texte est aussi drôle, aussi choquant que dans mon souvenir. Mais la nuit dernière, aux alentours de minuit, deux jeunes infirmières africaines étaient en train de me changer alors que j'écoutais le roman sur Alexa ; j'arrivais au passage où John Self, le personnage principal, décide qu'il va essayer de violer sa petite amie. C'est une scène comique et vicieuse à la fois, qui n'a pas très bien vieilli, mais qui nous rappelle le type de transgression que la littérature peut se permettre. Les infirmières étaient horrifiées d'entendre cet extrait de plus en plus gratiné ; gêné, je me suis senti obligé d'éteindre. Tant pis pour la littérature.

Mes amis continuent de venir me voir presque tous les jours ; certains arrivent tôt, d'autres tard, d'autres encore débarquent un peu au hasard dans la journée. Parfois, il y a jusqu'à quatre personnes en même temps dans cette petite pièce glauque, des gens qui ne se croiseraient jamais ailleurs. Carlo me dit que j'ai une vie peu banale avec ces amis qu'il trouve tous intéressants : écrivains, intellectuels, artistes, journalistes, réalisateurs, producteurs pour la télé, etc. L'élite progressiste entre et sort, se côtoie le temps d'une visite, untel s'appuie contre le mur, tel autre cherche une chaise, tandis qu'unetelle s'assoit sur le bord du lit, mange du chocolat et, le soir, des papadums, tout en discutant de livres, de vacances, de leurs enfants, de l'échec du gouvernement de droite des Torys. D'après ce que j'entends dire, c'est la réception permanente ici mais, comme je refuse qu'on me requinque le moral, c'est à peine si je me réjouis vraiment de ce qui se passe.

Je préfère que Carlo soit avec moi quand j'ai des visites car il sait alimenter la conversation. Il a plein de choses à dire, il aime parler. Jusqu'à aujourd'hui, où j'ai recommencé à manger, j'étais bien trop faible pour tenir une discussion. Parler me coûte énormément. Là, je sens que je retrouve des forces. Mais, au fur et à mesure que je me sens mieux, je saisis d'autant plus clairement la réalité de ma situation.

Discuter vacances est ce que je déteste le plus : les gens disent des choses du style « je m'en vais pendant deux semaines en Toscane mais je te verrai à mon retour ». Deux semaines ! Ils partent du principe que, dans deux semaines, je serai toujours là, assis avec ma couche dans cette saloperie de chambre, et ils ont raison. Pensez un peu au nombre de nuits que je vais encore devoir affronter. Je ne vais nulle part, moi. Pas étonnant que je me sente comme une merde. Qu'ils aillent se faire foutre, avec leurs vacances et leur putain de bonheur.

En fin de soirée, vers vingt-deux heures trente, les infirmières arrivent, allument les grosses lumières bleues et me donnent mes médicaments. Si j'ai fait sous moi, elles nettoient et me changent. Tous les soirs, je suis manipulé, retourné, lavé par des inconnus. Je ne ressens plus aucune humiliation. Je n'ai plus aucun sens de ma dignité. Ce qui me chagrine, c'est d'être avec des gens que je ne connais pas ; au sein du personnel infirmier, ils se connaissent entre eux, ils discutent tout en vaquant à leurs tâches. Tout le monde est gentil, professionnel, mais les équipes changent souvent et je n'arrive pas à connaître qui que ce soit.

C'est totalement inhabituel, pour moi qui ai vécu toute ma vie à faire exactement ce que je voulais, d'être coincé ainsi dans cette camisole, d'avoir perdu toute capacité d'agir, toute indépendance.

Ce que j'aimerais, c'est pouvoir commencer à retourner chez moi, même quelques heures, puisque j'habite à quinze minutes de l'hôpital. Je pourrais bénéficier d'une sorte de régime de semi-liberté. Je n'ai pas vu ma maison depuis les vacances de Noël.

29/07/2023

Un ami de longue date est arrivé avec une enveloppe pleine de photos. Il m'en montre une : c'est moi à Cork en 1993. Je participe à une séance de dédicace et je tends une version poche du *Bouddha de banlieue*. Je porte une veste en jean Levi's, un foulard Paul Smith que j'ai toujours. J'ai les cheveux longs, bruns, retenus derrière les oreilles. La lumière baigne mon visage lisse d'elfe espiègle. J'ai une bonne trentaine d'années.

Sans me demander quoi que ce soit, mon ami accroche la photo au mur en face du lit. Je ne suis pas certain d'en avoir franchement envie mais elle est là et je la regarde en ce moment même. Quand les gens la voient, ils me disent, tout ébahis : « C'est vous, ça ? » Aujourd'hui, j'ai un air famélique, une barbe mal rasée, des cheveux en bataille et, comme tout le monde, je ressemble à peine à celui que j'ai été plus jeune. La photo me rappelle tout ce que j'ai perdu.

En ce moment, je ne quitte guère mon lit à cause d'une fissure anale que l'infirmier clinicien a identifiée en allant y voir avec une lampe et une caméra. Je prends de la morphine en sirop pour soulager la douleur et j'essaie de trouver une position qui soit moins pénible. J'ai une déprime d'enfer. Je regarde la photo au mur : il n'y a vraiment aucun moyen de revenir à ma vie d'avant. Mes gamins arrivent, ils me disent que ce que je traverse, toute cette souffrance, ça va passer. C'est un rappel utile.

Ce matin, dans la cuisine de l'unité, avec quatre patients, j'ai participé à une activité de thérapie physique en groupe. Du fait que je suis isolé dans ma chambre individuelle, je ne vois presque pas les autres. On nous avait installés autour d'une table, pour nous faire manipuler des cubes et des jouets pour enfants. L'une des participantes était jeune, la petite trentaine, belle, un air de Jackie Kennedy. Elle ne pouvait pratiquement pas parler ni bouger les mains. Les quatre kinésithérapeutes étaient pleins d'énergie, en faisaient d'ailleurs trop, nous parlant lentement, avec une intensité forcée, comme s'ils faisaient la présentation d'une activité pour gosses. Par comparaison, les patients avaient un air hébété, comme s'ils ne se remettaient pas de la mauvaise fortune qui leur était tombée dessus. Leur tristesse était palpable. J'étais content d'être avec eux, même si aucun de nous ne se parlait. De manière totalement inexplicable, Jackie Kennedy s'est mise à sangloter et il a fallu l'emmener.

Quand Sachin arrive, je lui reproche d'être en retard. Mes amis et ma famille ont organisé un système de relais pour que je ne sois jamais seul dans la journée. Mais il y a parfois des ratés, qui ne me réjouissent pas à cause des idées abominables qui m'assaillent dès qu'il n'y a plus personne. Tandis que Sachin me donne à manger, il me dit : « J'espère qu'on ne va pas devoir faire ça tout le restant de notre vie. » Je regarde mes mains atrophiées, qui ne vont pas tellement mieux, et je lui réponds : « Je pense que si. »

Carlo m'assure que je fais des progrès ; mes jambes sont plus solides et mon kinésithérapeute nous a prévenus que je retrouverai l'usage de mes bras plus tard, une fois que j'aurai récupéré de la force au niveau du torse et des épaules. Il me dit que j'ai parfaitement le droit de broyer du noir mais que les médecins et les kinés sont plus optimistes eux.

Quand Carlo et Sachin ont commencé à travailler comme scénaristes, tous les trois, avec des variantes, nous arpentions chaque après-midi mon quartier, dans l'ouest de Londres, en discutant histoires, structure, tuyaux pour réussir dans le domaine. On partait d'une idée ou d'une image, puis on brodait autour et on étoffait jusqu'à ce qu'un récit complet s'esquisse. C'était sympa, gratifiant ; on aimait bien être ensemble. On aime toujours.

Je n'ai jamais eu envie de n'être que scénariste. J'aimais avoir la liberté de travailler sur plusieurs formes. Quand je me retrouvais coincé avec un film, je me mettais à écrire une nouvelle, puis je passais à un essai ou à un court roman. Le scénariste dépend totalement de l'industrie du cinéma et de ceux qui y travaillent. Quand j'ai écrit des films, c'était pour des réalisateurs bien précis : Stephen Frears, Udayan Prasad – qui a fait *My Son the Fanatic*, dont je suis fier – et mon ami Roger Michell. Je pouvais me lancer dans le scénario sans avoir signé de contrat car j'avais l'assurance ou presque que le film verrait le jour. Ce n'était jamais du temps perdu, comme c'est trop souvent devenu le cas aujourd'hui.

J'ai eu la chance de subvenir à mes besoins toute ma vie durant même si ce fut un peu limite à certains moments. Il y a eu des périodes dans les années 1980 où l'on pouvait gagner de quoi vivre rien qu'en écrivant des romans, ce qui m'a aussi permis d'acheter une maison. Je ne suis pas sûr que mes gamins auront cette sécurité, ce qui m'inquiète. Nombre de mes amis ont des enfants qui ont opté pour le même métier qu'eux. J'étais content que mes garçons aient trouvé ce qu'ils avaient envie de faire de leur vie, quelque chose qui ait du sens, qui leur donne un cap, un but. À l'inverse, rester allongé dans ce lit d'hôpital, jour après jour, c'est comme être piégé dans un boulot de misère, avec le sentiment de perdre son temps, à attendre que ça passe.

05/08/2023

Une lointaine connaissance vient me rendre visite : à l'extrême droite de l'échiquier politique, c'est quelqu'un que j'ai rencontré une fois seulement, au moment du confinement. On s'est tout de suite bien entendus et on est devenus amis ; j'aime sa conversation, toujours amusante ou informative. Il me dit que le problème de Rishi Sunak, c'est qu'il a une voix trop aiguë. C'est pour ça qu'en tant que dirigeant, il est totalement discrédité. Pour ma part, je n'aurais aucun mal à imaginer Sunak vêtu d'une blouse blanche, debout derrière le comptoir d'une pharmacie, discutant les mérites des crèmes antihémorroïdes. Cet ami pense que les hommes politiques avec une voix grave ont plus de charisme. Dommage pour les gens de gauche que Keir Starmer parle comme un robot sans cervelle, comme s'il lisait un menu tout haut. Mon visiteur du jour affirme aussi que ce sont les voix graves qui font les meilleurs séducteurs. Il trouve que la voix de David Beckham entame sa masculinité, qui reste somme toute impressionnante. Plus tard, alors que j'essaie de dormir, en me réveillant toutes les vingt minutes, me demandant si l'horloge ne s'est pas arrêtée, je repense à cette conversation. L'acteur Brian Blessed, célèbre pour sa voix tonitruante, a dû faire sauter la banque avant de devenir le maître de l'univers.

Avec ma famille, nous avons projeté de passer à la maison ce week-end. Mais l'infirmier clinicien maintient qu'il faudrait qu'un kinésithérapeute puisse voir les lieux pour vérifier, comme il dit, que tout est « sans danger » pour moi et pour le fauteuil. Je me demande un moment s'il a le droit de me dire où je peux ou ne peux pas aller ; je n'ai quand même pas été kidnappé et je ne suis pas prisonnier.

Finalement, le lendemain matin, je suis installé dans mon fauteuil roulant et Isabella se met derrière moi ; nous sortons de l'hôpital, traversons Fulham Palace Road pour aller jusqu'à l'arrêt de bus. Presque aussitôt, nous en voyons un arriver, la plateforme se déplie, on me pousse à l'intérieur. Dix minutes plus tard, je me retrouve dans Shepherd's Bush Road où Tracey et le chien Cairo m'attendent. C'est la première fois que je revois notre golden retriever depuis mon accident, je me demande s'il me reconnaît puisque, dans le fond, il aime tout le monde.

Nous empruntons ensemble cette rue familière pour nous diriger vers la maison. Voilà huit mois que je n'y ai pas mis les pieds. Je n'ai pas envie de baliser, j'essaie de me dire que je reviens juste d'un long séjour de vacances. Isabella et Tracey me poussent à l'intérieur, Carlo nous rejoint. Heureusement, les lieux n'ont pas changé, si ce n'est que mon angle de vue est un cran plus bas ; je ne peux plus embrasser toute la perspective en un coup d'œil. Le fauteuil est assez inconfortable et je sais qu'il me reste peu de temps avant que je ne doive rentrer m'allonger sur mon lit d'hôpital. Je suis content qu'Isabella ait pu vivre ici depuis que nous sommes revenus à Londres, même si elle a tout laissé pousser dans le jardin. Dans une autre vie, j'y serais déjà, machette à la main, mais elle aime cet endroit au naturel, où peuvent s'installer des renards, des oiseaux, des écureuils.

Nous déjeunons et restons assis un moment avec le chien. J'aimerais bien aller à l'étage revoir mon bureau, la chambre, mais ce n'est pas possible. Je suis dans mon fauteuil au bas de l'escalier, les yeux rivés sur le palier du haut : c'est insupportable mais il n'y a aucun moyen que je puisse y accéder. J'imagine mes deux bureaux, l'un contre le mur et l'autre sous la fenêtre qui donne sur la rue ; j'imagine ma bibliothèque avec les livres de psychanalyse, ma collection de manuels d'écriture créative, mes dizaines de stylos ; je me demande si je ne devrais pas les donner à mes fils puisque je ne pourrai plus jamais les utiliser. Isabella pense que c'est prématuré ; il ne faut pas lâcher.

On discute des aménagements à réaliser si l'on veut que je puisse revenir habiter ici.

Dimanche, Isabella et Kier me poussent jusqu'à la Tamise, non loin de Hammersmith Bridge, et nous suivons le chemin qui longe le fleuve jusqu'au River Café. Je vis dans ce coin qui va de West Kensington à Barons Court depuis 1976, à l'époque où j'étais étudiant, et j'ai fait ce chemin à vélo des tonnes de fois. Kier se souvient qu'étant gamin, on venait y faire de longues balades et, il n'y a pas si longtemps, nous promenions Cairo ici avec Isabella. Le chien était un danger ambulant parce qu'il adorait plonger dans le fleuve. C'était toujours un poème pour le faire remonter, puis il ressortait couvert d'une épaisse couche de boue. Un jour, alors qu'il traversait Ravenscourt Park à toute allure, il a attrapé le hijab d'une promeneuse dans sa gueule et s'est enfui avec ; une autre fois, il a embarqué la canne d'un aveugle. Ça lui arrive aussi de voler la balle des autres chiens et il peut déclencher quelques belles pagailles à la saison des pique-niques.

J'ai commencé à faire de longs rêves sordides, alambiqués. Chacun est un peu comme une longue nouvelle. Un ami se demande si ce n'est pas un effet secondaire des antidépresseurs. Une nuit, je me suis réveillé trempé de sueur, hurlant comme un possédé, alors que je rêvais que je me faisais avaler par un serpent. Une infirmière s'est précipitée dans la chambre ; craignant que je sois en train de perdre les pédales, elle m'a demandé où j'étais. Comment je m'appelais. Qui était le Premier Ministre. J'ai marqué un temps d'arrêt.

Mon analyste sera enchanté par ce rêve, mais pas par les antidépresseurs : il est contre, parce que ça étouffe les sentiments et que ça inhibe les capacités à mobiliser nos ressources intimes. Un psychiatre, qui était venu me voir ici, m'a déclaré de manière assez sarcastique : « Les psychanalystes ne comprennent rien aux médicaments. » Je suis sûr qu'il y a plus d'un analyste qui dirait volontiers que les psychiatres ne connaissent pas grand-chose à l'esprit humain.

En ce moment, j'ai un léger différend avec un infirmier de nuit particulièrement zélé. Il est très à cheval sur le règlement et m'a expliqué qu'il devait me réveiller le matin à six heures pour faire ma toilette et m'habiller. À plusieurs reprises, je lui ai fait remarquer que ces deux choses étaient prévues à neuf heures, comme indiqué dans le planning accroché au mur mais, à chaque fois, il n'en tient pas compte et refuse même d'y jeter un œil. Il consulte le planning médical de l'ordinateur portable arrimé à une machine encombrante qu'il traîne partout et m'annonce qu'il doit procéder à un toucher rectal évacuateur afin de soulager mes intestins constipés. Pour que je comprenne bien, il agite le doigt d'un air menaçant. Je lui réponds qu'il est hors de question qu'il approche mon rectum avec quelque doigt que ce soit mais il maintient que c'est une prescription médicale incontournable.

Ces petits affrontements entre personnel infirmier et patients, pour tester qui a l'autorité sur qui, se produisent régulièrement. Certains soignants détestent qu'on les contredise ; après tout, ce sont eux qui ont l'expérience et le savoir. D'un autre côté, le patient connaît bien son corps et si, comme dans mon cas, vous êtes hospitalisé depuis des mois et des mois, vous commencez à pouvoir dire qui est compétent. Certains manquent de confiance, d'autres aiment vous faire sentir qui est aux commandes. Quand vous passez vingt-quatre heures sur vingt-quatre entre leurs mains, vous arrivez assez vite à vous faire une idée de leur fonctionnement. Si j'avais une voix plus grave, je me demande s'ils me prendraient plus au sérieux.

14/08/2023

Le sexe n'est pas un sujet à l'hôpital. On n'entend aucune blague, aucun sous-entendu, on ne croise aucun regard intéressé. C'est un lieu antiseptique dans tous les sens du terme. De tout ce dont je suis désormais privé, l'excitation sexuelle est sans doute la moins grosse perte. Un ami qui a eu un cancer de la prostate et qui ne peut plus faire l'amour depuis me disait : « Dieu merci, je suis vivant et je m'en réjouis chaque jour. C'est amplement suffisant. »

Se voir privé de vie sexuelle du jour au lendemain, de manière si brutale, c'est comme si vous perdiez l'un de vos cinq sens. Quelque chose qui vous a guidé et animé tout au long de votre vie disparaît d'un seul coup. Ne plus avoir d'érection, ne plus ressentir d'excitation sexuelle, ne plus avoir de fantasmes, c'est se voir dépossédé d'une boussole qui vous a activement orienté, affligé et hanté depuis l'adolescence. C'est une absence énorme, tout aussi déroutante. Aujourd'hui, j'envisage la sexualité sous un autre angle, celui du spectateur indifférent. Je me demande pourquoi on en fait tout ce foin.

Pourquoi les gens sont-ils prêts à risquer leur réputation pour ce qui semble n'être qu'un plaisir insignifiant, voire négligeable ? Ce qui ne signifie pas que je ne ressens plus aucun enthousiasme ; j'en éprouve toujours, mais plus pour *la chose*.

Pour moi, essayer de comprendre la sexualité, c'est un peu comme chercher à saisir les obsessions bizarres des autres : si quelqu'un ressent une attirance irrépressible pour les chapeaux, les ânes ou les parapluies, un observateur extérieur peut trouver ça totalement incompréhensible. Pourtant, nous savons que les obsessions de ce type sont fréquentes, qu'elles sont incurables, que les gens les ont à vie, au point que, de manière souvent inconsciente, des sociétés entières se structurent autour. Être soumis à telle ou telle forme de fétichisme, être accro aux escarpins à talon, par exemple, passer sa vie à fantasmer dessus, en remplir votre environnement peut se révéler parfaitement dévorant, voire destructeur. Cela peut même devenir un obstacle qui fera des ravages au sein de vos autres relations. C'est ainsi que je perçois la sexualité dans son ensemble désormais, comme quelque chose d'étranger, d'extraterrestre presque.

J'ai écrit beaucoup d'histoires, de films et de romans articulés autour du désordre ensorcelant occasionné par le sexe, les jeux et les mises en scène que suscite le désir d'autres corps. On pourrait aussi dire que la sexualité est irrationnelle si on la compare à ces diverses forces motrices que sont l'argent, la vengeance, l'ambition sociale. Elle fournit un prétexte en or aux écrivains qui veulent ajouter plus qu'un grain de folie à leurs récits. Il y a des gens qui sont très attirés par le sexe mais qui n'ont envie que de certains types de relations avec certains types de personnes ; ils sont prêts à de nombreux renoncements pour atteindre leur but, parfois même au prix de leur vie.

Mais on peut vivre sans ; c'est le cas de beaucoup. Quand on pense au peu de temps que nous passons vraiment à faire l'amour – nous n'y accordons qu'une minuscule proportion de notre vie comparativement aux heures de télévision, par exemple –, il est incroyable que l'on consacre tant d'histoires à son mystère, à sa puissance. Bien que je sois de l'autre côté maintenant, en simple observateur, je n'en reste pas moins curieux et je le resterai ; mais j'ai perdu quelque chose d'essentiel à toute une période de ma vie et, en fait, je me demande même comment ça a pu être si crucial et prendre autant de place chez tant de gens.

Assis dans mon fauteuil roulant, à l'extérieur de l'hôpital, je regarde ces étranges créatures portant des vêtements improbables ou des blouses médicales, des tatouages ou des cheveux bleus, avec des membres en moins et des configurations folles : je me demande quel type de sexualité les anime, s'ils en ont encore une. Il y a énormément de monde aux alentours, des centaines d'individus, des milliers peut-être, qui prennent le bus, en descendent, appuient furieusement sur les pédales de leur vélo. Quelqu'un, quelque part, à un moment donné, doit être en train de faire l'amour puisque, dans le monde, la population ne cesse d'augmenter, sauf en Italie.

J'ai une amie qui aimait faire l'amour tous les jours, tout du moins jusqu'à ce qu'elle ait des enfants. Nous connaissons tous des gens qui donnent l'impression que ce n'est plus leur affaire depuis des années ; on se demande si ça leur manque, s'ils se masturbent – si oui, à quelle fréquence. Une autre amie, le même âge que moi, se sent toujours désirable et désirante, mais son mari, suite à un accident, est hors service. Ça n'a pas été simple ; malgré tout, elle s'est réconciliée avec cet état de fait – elle l'aime, elle le respecte, elle est prête à vivre ainsi.

Le sexe, bien sûr, n'est pas qu'une question génitale. Qui peut dire où ça commence et où ça s'arrête ? Qu'il s'agisse d'embrasser, de caresser, d'apprécier le corps des autres, ou qu'il s'agisse de regards, de paroles, de murmures, de fantasmes – ce sont autant de variantes de la sexualité, qui se disséminent partout et qui sont présentes à tout instant. Ces plaisirs ne me seront jamais refusés mais, dans l'immédiat, ils n'ont plus le même intérêt, la même influence. Si les sensations sexuelles étaient très présentes avant, elles ont disparu ; c'est un drôle de manque, une sorte de stupéfaction face à mon fonctionnement antérieur et ce qu'il représentait.

Il y a peu d'endroits qui soient moins romantiques que les hôpitaux, où les relations entre les gens sont surtout des relations pratiques, ce qui ne laisse pas beaucoup de place au plaisir. Chaque jour ou presque, à l'heure du déjeuner, Isabella se dépêche d'arriver pour me donner à manger. Le soir, elle commande mon plat préféré de daal et lentilles au Palace Tandoori, où ils la connaissent bien maintenant. À Rome, soit nous mangions à la maison, soit nous allions jusqu'au centre historique en voiture pour dîner dans un endroit charmant, puis nous nous baladions à la nuit tombée, dans cette ville de rêve, la plus idyllique au monde, où l'on peut voir des choses incroyables à chaque coin de rue.

Isabella a été cassée net par cet accident. Elle n'arrive pratiquement plus à travailler ; c'est tout juste si elle peut se concentrer. Je me sens coupable, responsable de son extrême fatigue, de son épuisement. Mais qu'est-ce que je peux y faire ? Elle vit chez moi toute seule, loin de sa famille, de ses amis. Nous étions très joueurs avant. Quant à savoir si nous pourrons un jour retrouver la moindre forme de fantaisie érotique, personne ne saurait le dire à l'heure actuelle. Aurons-nous d'autres occasions de nous trouver mystérieux et intrigants ?

23/08/2023

« On n'est pas à l'aise avec les activités de groupe, hein, Hanif ? » me dit le kinésithérapeute.

Nous étions en route vers un café des environs : quatre en fauteuil roulant, deux à pied et trois kinés.

Jackie Kennedy, penchée sur le côté, pleurait en silence. Un autre avait de la bave qui lui coulait le long du menton et, sur les deux hommes qui pouvaient marcher, l'un d'entre eux ne parvenait pas à dire plus que quelques mots dans une langue étrangère, il les répétait sans cesse entre deux sons qui ressemblaient à des pépiements d'oiseaux. C'est lui qui entre parfois dans ma chambre en pleine nuit. Il veut sans doute se plaindre du bruit de ma radio mais, comme il ne peut pas parler, il se plante devant moi en me regardant fixement. C'est flippant.

Voilà donc cette étrange caravane qui s'achemine tant bien que mal le long du fleuve, en direction d'Hammersmith, non loin du Riverside Studios où j'ai travaillé à la fin des années 1970 et au début des années 1980 ; c'est un endroit qui, pour moi, a été une véritable université où, à force de passer du temps avec des écrivains, des metteurs en scène, des acteurs et des producteurs, j'ai découvert le théâtre, la danse, la littérature.

L'un des kinés me demande : « Est-ce qu'on est déjà venu ici, Hanif ? » Je ne savais pas quoi répondre ni par où commencer. Je me sens plein de mélancolie d'être de nouveau là, sur les bords du fleuve, à l'endroit précis où j'ai passé une partie de ma vie de jeune adulte, admirant la vue, cherchant à devenir artiste.

Il y a un an, je n'aurais jamais imaginé le calvaire que j'allais devoir vivre. Il ne serait donc pas anormal, alors que je suis assis au bord de ce fleuve, que je me demande ce que, putain, je fous ici et si je pourrais un jour m'échapper de cet enfer. C'est déprimant de me retrouver là avec cette bande d'éclopés et je suis l'un d'eux maintenant, à basculer en avant dans mon fauteuil, avec ma tête qui s'affaisse d'un côté ou de l'autre tant elle me paraît lourde à tenir. Est-ce bien moi ? Est-ce la réalité ? Malheureusement, oui. Je vis à l'hôpital et, à court terme, je n'ai aucune chance de rentrer chez moi. J'attends, un peu comme dans les limbes, avant qu'on me transfère dans un autre centre de rééducation.

Carlo est assis à côté de moi au huitième étage ; il a mis une casquette de baseball, un tee-shirt, un short et des baskets. Il est tellement beau, avec sa peau mate, tellement jeune. Je suis penché en avant dans mon fauteuil, en train de lui dicter ces phrases, tout en regardant les avions traverser le ciel, tout en éprouvant une impatience et une irritation grandissantes.

Ici, la salle de sport n'a rien à voir avec le type d'équipement qu'il y avait à Rome. À Santa Lucia, à chaque étage, il y avait une salle extra et un bon encadrement de kinésithérapeutes. Mais ici, la pièce est bondée ; d'un côté, les kinés sur leur ordinateur, de l'autre, les patients. Les machines, les accessoires, tout est vieillot, peu adapté, parfois cassé, alors qu'on est dans un service de neurologie. J'ai l'impression que les kinés ne restent pas, sont remplacés par d'autres ; peu d'entre eux semblent avoir le même niveau de compétences et de qualification que leurs collègues romains. Ce n'est pas pour autant que je n'ai pas d'exercices à faire presque tous les jours, c'est nécessaire pour que je continue de fonctionner. L'hôpital ne peut pas me proposer plus d'une séance quotidienne d'une heure, si bien qu'en début de soirée, je travaille avec un kiné privé, qui me fait faire des mouvements allongé dans mon lit, pour m'empêcher de décliner. Il me fait bouger les mains, les jambes, l'estomac et je fais aussi quelques mouvements dans mon fauteuil avec Kier. J'ai beau savoir que c'est pour mon bien, je continue à me plaindre ; je ne suis même pas sûr de progresser, ou de rester au même stade. Il n'y a toujours pas grand-chose que je sois capable de faire par moi-même ; je ne peux pas tenir un stylo, je ne peux pas taper sur un clavier, me tenir debout, ouvrir un livre. Apparemment, l'amélioration est graduelle ; il faut que je fasse travailler mon corps chaque jour. Je me dis que c'est un peu comme l'écriture.

C'est la torture d'être moi. J'ai envie de punir tous ceux qui m'entourent alors que je sais pertinemment que personne n'est responsable de la situation. J'ai eu un accident, rien d'autre, c'est un événement contingent qui s'est produit de façon aléatoire, sans qu'il y ait de lien avec une quelconque signification logique.

02/09/2023

Au début de l'une de mes pièces préférées, *La Mouette* de Tchekhov, le personnage de Medvedenko demande à la larmoyante Macha : « D'où vient que vous soyez toujours en noir ? » Elle répond : « Je suis en deuil de ma vie[1]. » Autant que je me souvienne, on n'apprend jamais vraiment de quelle vie précise elle est en deuil, mais c'est une réplique qui résonne énormément ces derniers temps, cette idée d'être en deuil de sa propre vie : elle me hante, comme un air de musique.

J'avais une vie remplie et agréable et puis, un jour, j'ai eu un accident et cette vie s'est arrêtée. Mais je ne suis pas totalement mort : j'ai failli mourir. Alors que j'étais par terre à Rome, appuyé sur la tête, dans une mare de sang répandu sur un plancher en bois, Isabella agenouillée à mes côtés, j'ai senti la Mort qui venait me chercher – j'ai cru que je n'en avais plus que pour quelques souffles, je me souviens m'être senti plein de colère à l'idée que

1. Antonin Tchekhov, *La Mouette*, traduction d'André Markowicz et Françoise Morvan, Babel, 2001.

j'allais mourir de cette manière indigne, alors que j'avais très envie de continuer à vivre et qu'il y avait encore des tas de choses que je voulais faire. Quel camouflet : je n'étais pas prêt et c'est ça qui m'irritait. J'ai songé à mon cher ami Roger Michell, plus jeune que moi, et qui, il y a très peu de temps, est allé se coucher mais ne s'est pas réveillé.

J'ai continué à exister dans cette coquille biscornue, repensant à ma vie d'avant, me demandant si, un jour, je pourrais retrouver un semblant de cette époque. Il y a eu littéralement une cassure, une rupture, entre ces deux parties de ma vie. Dans ma tête, je suis toujours dans la première partie mais, dans mon corps, malheureusement, je suis coincé dans la deuxième, celle de la fracture.

Récemment, on m'a fait une IRM où il apparaît que j'avais déjà fait quelques mini-AVC. C'est le cas de beaucoup de gens une fois passé cinquante ans ; la chose est assez banale et on peut n'avoir aucun symptôme. Ces mini-AVC, comme ils disent, n'ont pas de lien avec mon accident mais, dans mon cas, c'est quand même un truc embêtant car je pourrais très bien en avoir d'autres. L'hôpital a voulu me soumettre à un test pour s'assurer que j'avais encore toutes mes facultés mentales. J'ai jeté un œil aux pages – une série de questions, d'images et de calculs de base : c'était tellement simple et puéril que j'ai refusé. Autant que je sache, j'ai encore toute ma tête même si je sens que j'ai moins d'énergie et une élocution plus lente.

L'une des particularités des pièces célèbres de Tchekhov, surtout *Oncle Vania* et *La Mouette*, c'est qu'elles parlent d'amitié ; ces textes sont pleins de gens qui passent du temps ensemble, même s'ils ne se sont pas choisis, même s'ils ne s'aiment pas plus que ça.

Pendant le confinement, j'ai écrit une pièce, *The Spank*, qui raconte l'histoire de deux amis d'un certain âge qui se fâchent pour une broutille qui ébranle leur relation, puis qui la met à rude épreuve avant de la détruire. Le texte a été mis en scène en Italie et a tourné dans des salles à travers tout le pays, où il a été bien accueilli. Dans l'introduction à la version publiée, j'ai écrit un essai où j'évoquais les choses qui sont susceptibles de compromettre un lien entre deux personnes, jusqu'à le pousser au bout de ses limites et à le briser. Dans ma situation, les liens sont éprouvés d'une autre manière.

Depuis ce lendemain de Noël, l'an dernier, je vis à l'hôpital, ce qui n'est pas banal. Pendant mon adolescence, mon père était souvent malade à cause de problèmes cardiaques et il a souvent été hospitalisé. J'allais régulièrement le voir mais j'y allais surtout pour m'installer sur une chaise et lire les journaux. C'était déchirant de le voir diminué à ce point, lui que j'admirais, que je trouvais fort, viril. J'avais envie d'être ailleurs, de vivre une vie de jeune de mon âge mais je me sentais obligé de rester à ses côtés et, quand je n'y étais pas, je me sentais coupable. Papa n'avait pas réussi à devenir le romancier qu'il aurait voulu être, ce qui l'avait profondément déprimé et avait plongé notre famille dans une grande tristesse ; voilà qu'il souffrait aussi physiquement. C'était énormément d'inquiétude pour un adolescent.

La plupart des gens connaissent un séjour à l'hôpital au cours de leur vie mais c'est assez rare qu'un patient y passe une partie de sa vie, comme c'est mon cas depuis plusieurs mois.

J'ai compris qu'un hôpital est un écosystème à part entière : le personnel infirmier, les kinésithérapeutes, les médecins, les patients et les visiteurs sont tous reliés ; ils vont et viennent ; c'est un réseau grouillant de plaisirs et de conflits. Un soir, en décembre dernier, on m'a transféré du monde réel jusque dans cette série de soap, où j'évolue depuis. C'est comme si je subissais une torture, une punition ; comme si on m'écartelait. Je m'en suis fait une représentation d'horreur totale ; mes amis sont obligés de me ramener à la réalité, à la possibilité d'un certain rétablissement, voire d'un avenir.

Hier, j'ai attrapé une petite bouteille de la main gauche, même si je n'ai pas pu la tenir très longtemps. Ce matin, j'ai réussi à rester bien droit dans un palan pendant quinze minutes, j'ai même pu serrer les genoux pour me tenir tout seul. C'est effarant de voir combien il est difficile de marcher quand on n'en a pas la capacité. Et la quantité incroyable d'activités musculaires qu'il faut mobiliser pour traverser la rue jusqu'au pub, par exemple, et y commander une pinte de Guinness. Je me demande si j'en aurai encore l'occasion. Vu de l'autre côté, ça paraît un tel exploit.

09/09/2023

« Si on regardait un peu son pénis », dit la première docteure à la seconde. L'une et l'autre étaient jeunes, élégantes, intelligentes de toute évidence. « Ça vous va ? »

« Bien sûr, allez-y, n'hésitez pas », ai-je répondu. J'ai failli ajouter : « Depuis le temps que j'attends cette proposition. »

L'une d'elles a commencé à tripatouiller le bas de mon pyjama Paul Smith, l'a baissé et a plongé la main en direction de mon pubis couvert de poils gris et broussailleux. Elle a fini par trouver le champignon qui s'y nichait et s'est approchée pour en avoir un meilleur aperçu.

« Non, dit-elle après mûre réflexion, pas de trace de pus. Tout est bien. »

Quel soulagement, me dis-je ; il y a au moins une partie de mon corps qui n'est ni cassée ni défectueuse. Toutefois, je ne savais absolument pas pourquoi elle pensait que du pus pourrait s'écouler de mon pénis ; je n'ai eu aucune envie de le lui demander.

Avant mon accident, personne ne me touchait jamais ; Isabella, bien sûr, de temps à autre, mais c'était tout. Maintenant, on me tourne, on me retourne, on me palpe, on me pique constamment et, quand je dis constamment, c'est bien ce que ça veut dire – jour et nuit. Au cours de ces neuf derniers mois, j'ai été touché par plus d'inconnus que ça ne m'était arrivé de toute ma vie. On s'habitue. Des instruments dans les oreilles, des doigts dans le rectum, des lingettes autour du sexe, sous les bras, sur le dos, des lumières dans les yeux. Comment est-ce que j'ai pu passer ainsi d'un état d'homme qui avait son intimité à celui de morceau de viande public ? Bien entendu, je l'ai déjà dit ici, le personnel infirmier est très gentil ; je suis leur raison d'être, leur responsabilité, ils sont fiers des avancées qu'ils font avec moi. Je le vois sur leur visage, je l'entends dans leur voix ; je suis leur moyen d'expression.

Cette vie serait encore plus pénible pour quelqu'un qui serait gêné d'être ainsi manipulé, qui aurait un sens de la dignité trop important, ou qui craindrait d'être humilié. Je suis déjà humilié. Ça ne date pas d'aujourd'hui. Je ne vais pas tomber plus bas et il me faut collaborer avec les infirmiers puisque ce sont eux qui me poussent, me tirent, me roulent d'un côté, de l'autre. Après tout, eux-mêmes n'ont pas honte quand ils me mettent un suppositoire et me regardent déféquer en me disant avec fierté : « Ah oui, il est beau celui-là », ou encore « Aujourd'hui, c'était un petit modèle, on aura peut-être plus de chance demain. »

Il faut que je continue à trouver ça drôle, parce que je n'ai pas le choix ; je ne suis ni stoïque ni courageux, je ne fais rien qui soit extraordinaire, je suis simplement victime du sort.

Il faut que je me rappelle sans cesse quelque chose que me disait Salman Rushdie les premières années de la fatwa : la seule chose qu'il avait eu besoin d'apprendre, c'était la patience.

16/09/2023

Le matin, c'est le pire, si l'on peut effectivement dire qu'il y a un *pire*. Car tout est atroce, bien qu'il y ait des moments drôles, qui impliquent surtout les autres. Mais c'est le matin, quand je me réveille et que je commence à reprendre conscience de moi-même, un peu comme Gregor Samsa au début de *La Métamorphose* de Kafka, que je me rends compte que ce qui m'est arrivé est réel.

Au réveil, mon corps, après une nuit bloqué dans une seule position, se met à bouger légèrement. Mon premier mouvement est plutôt un frémissement : toute ma carcasse est saisie d'un spasme fugace, comme si j'avais reçu une décharge électrique. Je m'aperçois que mes mains et mes pieds ne sont pas vraiment les miens, on dirait que ce sont des objets blessés, inconnus. Je ne réussis pas à les faire bouger comme je voudrais ; c'est comme si, pour utiliser une expression commune, mon corps était tout empoté.

Il y a un an, quand je me réveillais, je m'étirais les jambes, je me mettais debout et j'allais aux toilettes pour mon pipi du matin. En attendant que ça se fasse, je prenais plaisir à regarder par la fenêtre, mon jardin, les maisons, les autres jardins de l'autre côté de la rue. D'une certaine manière, j'espère toujours que ça va revenir et je ne parviens pas à me mettre dans la tête que je n'arriverai plus jamais à faire de gestes aussi quotidiens. La prise de conscience est insupportable, incompréhensible. Chaque matin, me réveiller, c'est comme replonger dans un film d'horreur dont j'avais cru, l'espace d'un moment, que je pouvais l'arrêter.

Je ne peux rien faire par mes propres moyens. Je dépends totalement des autres et on s'occupe de moi pour la moindre chose. On pourrait dire que c'est le grand luxe mais j'aimerais bien, de temps à autre, me faire une tasse de thé. Maintenant, je n'ai plus de raison de craindre de réclamer telle ou telle chose, qu'on me prépare un thé ou qu'on me gratte l'intérieur de l'oreille. J'étais plus inhibé avant ; je n'étais pas du genre à demander, je voulais croire que les gens pressentiraient ce dont j'avais envie. Mais, s'il m'est arrivé de penser que telle requête allait déranger les autres, c'est désormais le cadet de mes soucis, étant donné que je ne peux rien faire par moi-même et que la seule chose qui me reste, c'est la parole.

Je me demande souvent si je ne fatigue pas mon entourage avec mes sollicitations ou si je ne me comporte pas trop comme s'ils étaient mes domestiques. La dernière fois, Sachin, qui s'agace souvent avec moi, estimant que ma situation est particulièrement lourde et pénible, a explosé : « Tu es toujours en train de vouloir des tas de trucs, Papa, mais tu ne dis jamais s'il te plaît ou merci ! »

J'étais effondré ; la parole étant maintenant ma seule ligne de vie, je fais en sorte de formuler mes requêtes le plus gentiment possible ; je dois séduire plutôt qu'insister. Mais j'avoue que j'oublie parfois de dire s'il te plaît, merci, c'est vrai ; sinon, je me répéterais toute la sainte journée.

Il n'est pas possible de faire autrement : toutes les conversations avec mes amis, ma famille, le personnel infirmier et médical sont forcément des transactions. Qu'est-ce que je veux qu'ils fassent pour me rendre service ? Qu'est-ce que je leur demande cette fois ? Toutes ces questions font ressortir le meilleur chez les gens ; ils ont pitié, ils m'aiment, ils s'identifient à moi – ça pourrait peut-être leur arriver un jour. Comment se sentiraient-ils alors ? Comment se comporteraient-ils ? De quoi auraient-ils envie ?

À quoi ça ressemblerait d'être à ma place, doivent-ils penser : une tortue, retournée sur le dos, qui agite désespérément ses petits bras et ses petites jambes, suppliant qu'on la retourne. Je me suis transformé en dictateur, à mon corps défendant, il faut bien le dire. Je ne le fais pas sous l'influence d'un sentiment de toute-puissance, mais par faiblesse. Si je suis furieux, comme ça m'arrive souvent, c'est par impuissance.

L'autre jour, j'étais avec Kier. Puis, il est parti et il y a eu un trou d'une heure et demie à peu près avant que Carlo n'arrive. Durant cet intervalle, où il n'y avait rien de bien à la radio, je me suis retrouvé tout seul dans mon fauteuil à ne pas pouvoir bouger. J'aurais pu appeler une infirmière mais je n'en avais pas envie ; je n'avais envie d'aucune interaction impersonnelle. Tout ce que je voulais – et, l'espace d'une seconde, j'ai bien cru que j'allais pouvoir le faire –, c'était poser les pieds par terre, sortir, prendre le bus et rentrer chez moi tranquillement. Quelque part au fond de moi, je crois toujours que c'est possible ; c'est dur de se départir de ce que vous avez toujours tenu pour acquis.

Ça ne fait pas complètement un an que je suis devenu cette tortue renversée sur le dos mais je ne m'y habitue pas. Je n'arriverai jamais à m'y résoudre ; à la fois, c'est moi mais c'est aussi autre chose que moi.

23/09/2023

Isabella est retournée à Rome voir sa famille et travailler aussi, ce sont donc les garçons et Tracey qui s'occupent de moi. Le soir, la plupart du temps, c'est Tracey qui me couche : ça nous donne l'occasion de discuter, chose que nous n'avions pas faite depuis des années et qui nous permet de renouer notre relation.

Je l'ai rencontrée au milieu des années 1980, après le retentissement mondial de *My Beautiful Laundrette* et avant que Stephen Frears et moi ne commencions le tournage de *Sammy et Rosie s'envoient en l'air*. Je vivais seul dans un une-pièce de West Kensington, j'étais en train de me séparer de ma précédente colocataire et petite amie rencontrée à l'université, Sally. Tracey intervenait comme productrice associée sur l'émission télévisée de Jonathan Ross, *The Last Resort*. Elle avait passé son enfance et son adolescence à Chiswick, à deux pas, puis avait fait des études d'anglais à Oxford ; son père avait été réalisateur et producteur pour la télévision. Avec le succès de *My Beautiful Laundrette*, le retour en force de Channel 4 et des compagnies de production qui alimentaient les programmes de la chaîne, ainsi que l'essor de nouveaux médias dans les années 1980, Londres était redevenu un endroit intéressant et trépidant. Tracey avait plus de contacts que moi, elle m'a embarqué dans cet univers bouillonnant qui émergeait à Soho et dans les quartiers environnants. Le Groucho Club en était l'épicentre mais de nouveaux bars et autres restaurants ouvraient en permanence. Tim Bevan, Salman Rushdie, Daniel Day-Lewis, Stephen Frears et d'autres qui évoluaient dans notre cercle se retrouvaient dans les mêmes lieux tous les soirs ou presque. On assistait à une renaissance culturelle semblable à celle qui s'était produite au milieu des années 1960 avec la pop, puis avec le punk dans les années 1970.

Le 14 février 1989 – je me souviens du jour puisque c'est la date de la fatwa lancée contre Salman Rushdie –, je quittais Barons Court Road pour emménager dans un bel appartement de deux étages que j'avais acheté à deux pas de Comeragh Road et qui donnait sur les courts de tennis du Queen's Club. Lumineux et spacieux, il avait un balcon où je faisais pousser de la marijuana et où j'écrivais. Tracey et moi y avons vécu plusieurs années avant que l'on se sépare et qu'elle aille habiter à Notting Hill. Quelques mois après notre rupture, nous nous sommes remis ensemble et elle s'est retrouvée enceinte des jumeaux. Quand elle avait arrêté de faire de la télévision, elle s'était mise à travailler pour Faber & Faber, la maison d'édition où j'étais publié, qui connaissait une embellie grâce au renouvellement de son catalogue de fiction, sous la houlette de l'éditeur Robert McCrum et du directeur Matthew Evans ; ils publiaient des auteurs tels que Seamus Heaney, Harold Pinter, Kazuo Ishiguro et P. D. James, entre autres.

J'avais enfin de l'argent et nous avons acheté ensemble une maison à Shepherd's Bush où Tracey et moi avons vécu avec les enfants. Au bout de quelques années, nous nous sommes séparés pour de bon et je suis retourné vivre dans mon appartement de Comeragh Road ; en 1997, j'ai acheté une maison à quelques rues de là, où je vis toujours – enfin, où je vivrais si je pouvais quitter cet hôpital.

Kier est venu me voir à l'heure du déjeuner, lundi ; il m'apportait le sandwich au thon et concombre que j'aime de chez Pret, avec un café crème de la boutique portugaise du centre commercial d'Hammersmith. Puis, il m'a emmené faire une promenade sur les bords du fleuve, en me disant que c'était probablement la dernière journée de beau temps de l'année. Comme toujours, nous avons parlé de sa vie amoureuse, de ses séances à la salle de sport, de notre bien-aimé club de Manchester United, actuellement très mal en point. Puis, il a filé pour aller travailler, sillonnant le quartier à vélo, entre deux cours de guitare et de piano qu'il donne à de jeunes enfants.

Un peu plus tard, Sachin est arrivé, la démarche sautillante et aérienne avec ses baskets à semelles épaisses ; j'étais content de voir qu'il était de bonne humeur. Assis tous les deux à côté du lit, nous avons eu une longue discussion sur le métier d'écrivain, la difficulté à décoller et nous essayions de comparer les débuts de sa carrière avec les miens. Quand on démarre, on n'est jamais certain que ça va marcher, on se demande si l'on va pouvoir devenir écrivain à part entière ou si l'on va disparaître, comme c'est le cas de beaucoup, inévitablement.

Ensuite, on a discuté des enfants de mes amis, de ce qu'ils feraient ou pas s'ils étaient dans la même situation que les miens. Choisiraient-ils de venir chaque jour à l'hôpital ou est-ce qu'ils se volatiliseraient dans la nature ? Tout le monde se sent-il tenu par ce sens de l'amour et du devoir ? Ce n'est pas une question à laquelle on peut répondre avant d'y être confronté.

Mon amitié pour les garçons s'est modifiée, elle a mûri. Je n'ai jamais eu à m'appuyer sur eux comme je le fais depuis mon accident. Mes sollicitations ont été astreignantes et ils y ont répondu de manière exemplaire, presque sans jamais se plaindre.

Le soir, Tracey est de retour. Avec Isabella, elles ont joué un rôle déterminant quand il a fallu me ramener à Londres. C'est elle qui prépare les sandwichs au fromage et aux oignons comme je les aime et, en fin de journée, quand Isabella est absente, elle ramène le daal tarka, les crevettes bhuna, le riz pilao et les papadoms du Palace Tandoori. J'apprécie de manger la même chose tous les jours, ça ne me dérange pas, tant que ce n'est pas la nourriture servie ici.

Tous les deux, nous parlons de son travail, du chien, des enfants, de l'état du pays, de l'histoire de cet endroit où l'hôpital a été construit. Tracey m'annonce que je vais sortir jeudi prochain pour rejoindre cet établissement de rééducation tant attendu. Enfin.

Cependant, j'appréhende ce transfert qui va m'emmener jusqu'au nord de Londres, à une heure de là où nous habitons tous. Mais, cette fois, ce ne sera pas un séjour à durée illimitée. Là-bas, l'équipe prépare les patients à réintégrer une vie autonome dans le monde extérieur, ils font en sorte que l'on soit en aussi bonne forme que possible pour rentrer chez nous.

30/09/2023

Même au réveil, je sens que mon esprit continue à fonctionner en association libre, il passe ma vie en revue comme je ne l'avais jamais fait auparavant. Depuis que je suis handicapé, je fais de nombreux rêves violents et déplaisants dont la plupart se déroulent dans la maison de mon enfance à Bromley ; elle est dans un triste état, de ruine quasiment, ou dans une sorte de terrain vague bombardé. Il y a des gens en fauteuil roulant, mais ce n'est jamais moi, bien que je suppose que ces personnages fantomatiques sont des morceaux de moi, disséminés ici et là dans mon rêve.

Je me suis intéressé aux rêves le jour où mon oncle – l'un des nombreux frères de mon père, qui était psychologue pour enfants et qui dirigeait une école pour jeunes autistes dans le Somerset – a commencé à me parler de psychanalyse. Installés dans le bureau aux murs couverts de livres situé dans un village qui s'appelait Williton, nous avions de longues discussions à propos de Shakespeare, de racisme, de politique, de littérature. C'est quelqu'un qui n'a jamais cessé de s'instruire. Au cours d'une de nos conversations, il m'avait expliqué, de manière assez abrupte, que j'avais eu envie de tuer mon père et de coucher avec ma mère. C'était une vision choquante, et pour le moins réductrice, du complexe d'Œdipe. Mais, depuis ce jour-là, j'ai été fasciné par Freud et son œuvre.

Au King's College de Londres, où je m'étais inscrit en philosophie, il y avait un cours de Richard Wollheim sur Freud et la psychanalyse, avec une partie entièrement consacrée aux travaux de Melanie Klein, qu'il connaissait, je crois, ou qui avait été son analyste. Wollheim avait écrit un ouvrage excellent sur Freud dans la collection des Fontana Modern Masters, que j'avais lu attentivement. Puis, j'ai lu tous les écrits de Wittgenstein sur Freud, textes bizarres et erronés, mais très instructifs. La sœur de Wittgenstein avait eu Freud en analyse et leurs deux familles, qui résidaient à Vienne, se connaissaient.

Quand j'ai quitté King's, mon intérêt pour la psychanalyse ne s'est pas démenti et j'ai lu la plupart des maîtres du domaine : Winnicott, Klein, Lacan, d'autres encore et, plus tard, des commentateurs contemporains tels que Adam Phillips et Darian Leader. Cette tradition est, à mes yeux, une source d'informations enrichissantes et passionnantes, tout particulièrement les études de cas de la première période. De ce que j'en sais, les analystes n'en publient plus, pour toutes sortes de raisons, qui ont surtout à voir avec l'intimité des patients et la justesse de l'analyse, mais je trouve ces histoires aussi captivantes qu'une nouvelle bien tournée. On sait d'ailleurs que Freud, quand il a rédigé ces études de cas les plus déterminantes, s'inquiétait de ce qu'elles ressemblaient plus à des nouvelles qu'à des analyses scientifiques. Il est clair qu'il n'y a rien de scientifique dans ses textes. Vous pourriez prendre le même patient et lui faire suivre des séances avec des thérapeutes différents, chacun en proposerait une perception différente. Ce n'est pas ainsi que fonctionne la science.

J'ai commencé une analyse dans les années 1990, quand j'arrivais sur la fin de mes trente ans, avec un freudien qui n'était pas tellement plus vieux que moi, même si, inévitablement, du fait de ce que les psychanalystes appellent le transfert, je le trouvais bien plus avisé, plus intelligent, plus érudit que je ne pourrais jamais l'être. J'ai tout de suite saisi qu'il savait ce qu'il faisait.

Il y avait beaucoup de choses dont je devais parler et j'ai compris que j'attendais avec impatience chaque rendez-vous, deux fois par semaine. Je m'allongeais sur le divan avec enthousiasme. Je n'avais pas envie de le regarder ; je voulais rêver et réfléchir. Les silences étaient nombreux mais ça ne m'intimidait pas. Je ne souhaitais pas bavasser. Je trouvais ces pauses à la fois pratiques et utiles, ce que Freud avait laissé entendre. Dans le silence, il se passe énormément de choses ; vous n'êtes pas paralysé, vous pensez ; un certain nombre d'idées et d'images surgissent, que vous allez trier jusqu'à ce que vous trouviez ce qui a besoin d'être dévoilé en pleine lumière.

Les gens sont inquiets à la perspective que la thérapie assèche le processus créatif ; ils craignent que, si vous résolvez vos problèmes, vous les évacuerez totalement et vous n'aurez plus rien à écrire. Ça ne m'a jamais fait peur ; et ça ne s'est jamais produit. À la fin de chaque séance, je notais dans mon journal toutes les remarques et interprétations de mes rêves que je venais d'entendre. La démarche était fructueuse pour mon travail : lors d'une bonne séance, l'analyste était en effet susceptible de faire des commentaires auxquels je n'aurais jamais pensé tout seul. Il faisait des liens surprenants et vraiment fertiles.

Cela ne veut pas dire que toutes les séances étaient faciles. Au cours de ces années, j'ai traversé quelques expériences douloureuses pendant lesquelles j'étais perdu, déprimé. Mais l'analyse m'a permis de tenir. Quand ça marche, vous n'avez pas le temps de vous attarder sur tel ou tel état d'esprit. Les choses avancent, malgré l'obscurité. Il ne fait cependant aucun doute que l'analyse est un remède à la fois rapide et lent. Il arrive que, pendant une séance, on prenne conscience d'un schéma de répétition auquel on a recours depuis toujours. Cette découverte peut être d'une clarté limpide et, à ce moment précis, on n'imagine pas refaire la même erreur. C'est parfois quelque chose de très banal et, pour autant, on aura mis des années à s'en apercevoir. Une habitude peut se révéler impossible à perdre, alors que les autres vous diront que c'est facile. Ce pour quoi, comme je le disais, la psychanalyse peut agir aussi lentement que soudainement.

Freud était un analyste orthodoxe mais il n'aimait pas qu'une analyse dure trop longtemps. L'idée qu'un thérapeute suive le même patient trente années de suite ou presque lui aurait semblé déraisonnable. Il voyait ses patients pendant deux ans environ, puis il les encourageait à le quitter. Mais il se liait aussi avec eux : ils partaient ensemble en vacances, il leur donnait de l'argent et il aimait tout particulièrement les riches Américains. Les lacaniens ont un *a priori* négatif vis-à-vis des États-Unis et ce qu'ils aiment à définir comme des formes américaines de thérapie ; mais ceci n'est qu'un préjugé, absurde qui plus est. Ils prétendent ainsi que la thérapie américaine a formé des patients pour qu'ils se glissent sans problème dans le système capitaliste au lieu de les autoriser à rester des individus maladroits. Je pense que c'est largement faux et que la psychanalyse américaine d'après-guerre est profonde, féconde, et qu'elle mérite d'être lue encore aujourd'hui.

La psychanalyse a toujours défendu qu'elle ne devait pas soutenir de vision politique et il est intéressant de remarquer que ses plus grands praticiens – Freud, Jung, Klein, Lacan – étaient tous des conservateurs. Mais il y a de nombreux psychanalystes progressistes, de gauche également ; de même qu'il y a une longue tradition de biais critique et anticapitaliste dans la pensée psychanalytique, qui fonctionne comme une incrimination des conventions au sein du capitalisme.

La psychanalyse ne résout pas tout. Elle ne convient pas à tout le monde et il peut être difficile de trouver quelqu'un qui vous convienne. Je n'ai pas eu affaire à ce problème car mon analyste m'avait été recommandé par un ami ; j'ai pris rendez-vous, il ouvrait tout juste son cabinet, il y avait un créneau. Dès que je suis sorti de ma première séance, je me suis dit, ça, c'est pour moi, j'ai envie d'être dans cette pièce avec lui, à parler.

Je n'ai jamais regretté le temps et l'argent que l'analyse m'a coûtés car c'est une pratique onéreuse, c'est sûr. Le psychanalyste français Jacques Lacan voulait qu'il en soit ainsi. Il disait que plus vous payez, plus ça fait mal au porte-monnaie, plus vous pourriez en tirer un bénéfice. Il fallait que ça ait un prix. Lacan n'avait pas envie que les patients s'allongent sur un divan pendant des mois, à débiter des conneries et à rester dans le flou. S'il pensait que l'un d'entre eux se fourvoyait, il lui coupait la parole et l'invitait à s'en aller. Cette méthode permettait vraiment d'accélérer les choses ; et, malgré cette étrange habitude, il savait écouter. Mon analyste, lui, est un freudien et je n'aurais aucune envie de consulter un lacanien, bien que j'aie de nombreux amis qui le sont. J'aime savoir combien de temps ma séance va durer et qu'un temps donné m'est accordé. Ce qui implique que je peux m'allonger pour dire ce que je veux, ou rester silencieux si je préfère. Une fois, j'avais passé toute la séance à décrire un long rêve et, arrivé à la fin, il n'y avait plus que trente secondes ; j'ai demandé à mon analyste la signification du rêve. Il m'avait répondu : « C'est l'histoire de votre vie. »

Cet analyste compte de nombreux écrivains parmi ses patients et lui-même est un écrivain remarquable. Les gens continuent de venir le voir depuis de nombreuses années. Ces relations analyste/patient durent plus longtemps que beaucoup de mariages ou d'autres relations. C'est donc une expérience peu ordinaire. Que dire d'un traitement qui s'étale sur une période de trente ans ? De quel type d'analyse s'agit-il ? Que se passe-t-il entre thérapeute et patient ?

Mon analyste me connaît mieux que n'importe qui. J'ai passé plus de temps avec lui qu'avec mes parents ; ça me fait rire car nous parlons d'eux sans arrêt. Je ne dirais pas que nous sommes amis ; je n'ai pas envie d'être son ami et je ne lui demande jamais rien sur lui, ni son point de vue sur le foot ou la politique. En revanche, nous discutons de sujets littéraires, de Kafka, Dostoïevski, Proust, qui sont parfois très éclairants ; même si, parfois, il sait que c'est un moyen pour moi d'éviter quelque chose de crucial. Certaines questions sont ainsi restées en suspens pendant des mois et des mois, et je me sentais mort à la fin de nos séances, comme si j'avais essayé de l'ensevelir sous ma dépression. Il m'avait dit un jour : « Je suis particulièrement tenace. Je n'abandonnerai jamais. » J'avais trouvé ça réconfortant, malgré la noirceur de la période que je traversais. La thérapie fait toujours avancer.

La psychanalyse n'est pas seulement une cure par la parole, ni même une cure par l'écoute. Une fois sorti de la pièce, il faut passer à l'acte ; il faut modifier sa vie, nouer de nouvelles relations, changer d'apparence, quitter des gens et prendre des décisions tragiques. C'est ce qui se passe après la séance qui compte. Il faut prendre des risques puisque, de toute façon, tout ce que l'on entreprend est déjà un risque en soi.

Avec ses réflexions sur la sexualité, le genre et tout le reste, la psychanalyse a été au cœur de notre culture ; elle l'est toujours, elle l'est depuis cent ans. Allumez la radio et vous entendrez des hommes politiques, des commentateurs parler de genre, du mystère du genre, comment on devient genré et ce que ça signifie d'être au masculin ou au féminin.

C'est ma dernière nuit ici. Demain, je pars pour Stanmore.

04/10/2023

ROYAL NATIONAL ORTHOPAEDIC HOSPITAL, STANMORE

Enfin, me voilà donc transféré de la banlieue ouest de Londres à la banlieue nord, dans un centre de rééducation pour des patients ayant subi des traumatismes de la colonne vertébrale. C'est mon cinquième hôpital depuis l'accident et j'espère que ce sera le dernier. Comme avec les changements précédents, je suis perturbé, déstabilisé ; il faut de nouveau s'habituer à une nouvelle chambre, à une nouvelle équipe d'infirmiers, de médecins et de kinés. Chaque jour, il faut composer avec des gens que vous n'auriez jamais croisés dans votre vie normale. C'est à la fois plaisant et pénible. Il faut faire la conversation, même quand vous n'en avez pas envie. La plupart des personnes que vous rencontrez à l'hôpital sont soucieuses de votre bien-être mais cela n'empêche pas que vous êtes obligé de négocier avec eux, ce qui peut être frustrant et épuisant.

Je me suis déjà fait un ami, Jon, qui est dans une grande chambre au bout du couloir qu'il partage avec trois autres patients. C'est bien plus difficile pour lui que pour moi qui suis seul dans une chambre individuelle.

Lui est dérangé sans cesse la nuit : bruits de radios, allées et venues des infirmiers, gémissements, cris de contrariété. Il a de la chance quand il peut dormir quatre heures d'affilée. Il est réveillé à six heures dès que le personnel soignant allume les lumières.

Jon a eu un accident, en juin, alors qu'il faisait de l'escalade. Il est tombé sur la tête et s'est cassé le cou et les deux bras. Il est maître de conférences en philosophie à Londres. Ce fut un soulagement pour l'un comme pour l'autre de partager nos récriminations. Comme moi, il déteste le matin, quand les infirmiers vous lavent, vous habillent, stimulent vos intestins avec leurs doigts. Il persiste à penser que c'est humiliant et dégradant, ce qui n'est pas mon cas puisque je n'ai plus aucune dignité susceptible d'être offensée. Mais il a la trentaine et pas mal d'années devant lui encore. Il me dit qu'il a souvent des pensées suicidaires car la perspective de cette vie, privée de ce qu'il a perdu, lui est presque insupportable. En même temps, il parle de sortir d'ici et de trouver un nouvel appartement où il pourra vivre seul comme hémiplégique.

Il vient me voir dans son fauteuil roulant électrique mais il n'a pas le droit de rentrer dans ma chambre à cause de ma bactérie nosocomiale. Un infirmier l'a rappelé à l'ordre en lui hurlant dessus : il est donc garé juste à l'extérieur et il me parle en criant puisque je suis dans mon lit. Ce que je trouve finalement plus humiliant que tous les doigts qui se sont glissés entre mes fesses. Je suis aussi interdit de salle commune mais j'y vais malgré tout en douce en espérant que personne ne me remarque. C'est un endroit austère et sinistre, meublé de tables en contreplaqué pour les repas, avec au mur, un grand écran de télé branché la plupart du temps sur *Married at First Sight Australia.* Il y a aussi une étagère de livres pour la plage qui sont déjà passés entre de nombreuses mains et des fauteuils pour les visiteurs ; c'est l'un des rares endroits du service où les patients peuvent se retrouver pour parler mais j'ai toujours peur qu'on me surprenne et qu'on me mette à la porte. Avec ses allures de prison, je me demande comment je vais supporter cet hôpital.

Jon et moi échangeons nos impressions d'ennui profond. Les heures se suivent sans que l'on n'ait rien à faire. Mais, de ce point de vue, il est mieux loti que moi. Il peut au moins regarder la télé et lire même si ses mains, comme les miennes, ne lui sont d'aucune utilité. Je peux écouter la radio mais, à ce stade, je suis devenu expert dans l'art de ne rien faire. Je suis capable de rester assis dans mon fauteuil en fixant un mur vide pendant deux heures de suite. Parfois, je m'endors ou je me distrais en me repassant des histoires de ma vie d'avant ou en réfléchissant à des idées de textes. Jon occupe son temps en imaginant des fantasmes sexuels mais je lui fais remarquer que c'est peine perdue car ça ne débouchera sur rien de concret. Commentaire d'Isabella : « Tu as le chic pour remonter le moral des autres. »

Ce nouveau centre de soins est assez loin de là où vivent mes amis et ma famille. Pour venir ici, ils doivent prendre la Jubilee Line jusqu'à la dernière station, puis un minibus qui les emmène à l'hôpital tout en haut de la colline. Le service est toujours difficile à trouver dans ces bâtiments très éparpillés qui forment une sorte de labyrinthe. Certains sont arrivés jusque-là en espérant me voir mais ils se sont perdus et sont repartis sans avoir pu me trouver.

Ancien hôpital militaire, l'établissement a été transformé en centre de rééducation moderne avec une salle de sport très bien équipée, une piscine, un café et un beau parc où l'on a surélevé les parterres de fleurs pour ceux qui sont en fauteuil roulant. Isabella vient tous les jours et j'ai une autre amie, Samreen, qui habite à dix minutes et qui vient le soir me faire des massages du visage et du cuir chevelu.

Avec Jon, nous avons évoqué la loyauté de quelques amis et membres de nos familles respectives ; ceux qui nous ont rendu visite une ou deux fois et ne sont jamais revenus, par exemple. On aime tous être proches du centre d'attention des autres mais il est vrai qu'on oublie facilement les gens hospitalisés, à juste titre, car nous avons tous nos limites quand il s'agit d'encaisser la souffrance.

J'ai trouvé réconfortant de découvrir que Jon ressasse les mêmes questions obsédantes. Pourquoi ça m'est arrivé ? Pourquoi c'est sur moi que c'est tombé alors que d'autres sautillent dans la rue et vivent la belle vie ? Qu'est-ce que je ferais si je pouvais remonter le temps ? Pourquoi n'ai-je pas davantage profité de ce que je vivais quand j'avais encore l'usage de mes mains et de mes jambes ? C'est vraiment chiant. Pas étonnant qu'il ait envie d'en finir.

14/10/2023

Le monde a toujours été un endroit dangereux. Ce service de l'hôpital est plein de gens qui ont eu un accident. Personne ici, de ce que j'en sais, n'est atteint de maladies dégénératives telles que la sclérose en plaques. On parle beaucoup des infortunes de la vie humaine : mésaventures fortuites, désastreuses, quasi fatales. À vivre ici, on aurait tendance à penser que tout le monde a failli, à un moment ou un autre, être renversé par une voiture, ou être frappé par la foudre, ce qui est arrivé à un ami d'ami, tué par un éclair alors qu'il se rendait à son mariage.

Après être venue me voir, une amie est rentrée chez elle à Paris pour les derniers préparatifs d'une pièce de théâtre. Elle est montée sur une chaise pour arroser ses plantes et il va presque sans dire qu'elle s'est flanquée par terre et s'est cassé le bras, ce sur quoi elle a filé à l'hôpital où elle est restée huit heures sur un brancard avant d'être opérée. Son spectacle fut annulé. Une autre amie a empiété sur le trajet d'un cycliste qui lui est rentré dedans. Grièvement blessé, ce dernier la poursuit maintenant en justice. Ce ne sont que quelques exemples récents.

Ici, il est énormément question de contingence, de ce qui peut arriver quand on ne pense pas à l'endroit où est notre corps, quand on arrose ses plantes, quand on marche dans la rue. Il y a des surfeurs blessés, beaucoup de cyclistes, dont certains sont jeunes ; des motards et des conducteurs de voitures également, ainsi que deux hommes qui ont fait des chutes terribles à cause d'un trampoline. Les piscines sont dangereuses quand elles sont vidées la nuit. De nombreuses personnes ont glissé dans les escaliers. Vous avez de la chance si vous survivez à une nuit de sommeil : ici, un patient est tombé de son lit et s'est cassé le cou.

Pour ne pas vous retrouver avec de graves blessures ou sans vie, évitez les salles de bain, les escaliers, les cuisines, les jardins et la rue.

À Rome, j'avais rencontré un homme balèze particulièrement malin ; il était tombé lourdement dans des escaliers et il avait mis trois ans à réapprendre à marcher. Il m'a dit qu'il arrivait maintenant à faire cent quatre-vingts pas et qu'il était fier de lui. Je l'envie de pouvoir autant marcher. Actuellement, je tiens vingt minutes environ dans un palan mais je ne peux pas du tout mettre un pied devant l'autre et je me demande si j'y arriverai un jour. J'aimerais bien remarcher mais la priorité des priorités, c'est de refaire bouger mes mains. Je peux déplacer une souris d'ordinateur de quelques centimètres mais, à part ça, je suis tributaire des autres pour la moindre chose qui mobilise les mains, et je m'aperçois qu'il y en a un paquet.

Depuis, je suis sans cesse inquiet pour ma famille et mes amis. Ils ne se rendent pas compte, et ça ne leur servirait à rien d'ailleurs, de penser qu'à tout moment, leur vie pourrait s'arrêter là, s'ils dérapaient dans la douche ou s'ils étaient fauchés par un motard imprudent. Il vaut mieux ne pas s'en soucier ; il est plus facile de vivre sans alourdir son fardeau de préoccupations insignifiantes. Mais, comme je le disais, la vie à l'hôpital des accidentés vous apprend qu'à chaque instant, il peut vous arriver toutes sortes de choses mauvaises et aléatoires. Le monde est une machine à tuer – le moindre mouvement peut se révéler fatal.

À la même époque l'an dernier, en octobre, trois mois avant mon accident, j'étais insouciant, innocent, j'allais de-ci de-là à mon gré, je prenais du bon temps, je me plaignais allègrement.

Maintenant, depuis que je me suis évanoui, assis sur une chaise – plutôt qu'assis sur un canapé ou allongé dans un lit, ce qui aurait été plus judicieux –, je suis un presque-légume, privé des plaisirs qui m'attendaient. Ma façon de voir le monde en a été bouleversée. J'éprouve une telle colère, une telle hargne. L'autre jour, je me disais que j'allais me convertir ; j'avais envie d'entrer en relation avec Dieu. Dieu, me disais-je, serait la personne idéale à haïr pour tout ce qui m'arrive ; il pourrait endosser cette responsabilité ; ce serait sa faute, ça m'aiderait à canaliser ma rage. Mais, finalement, je n'ai pas été convaincu. Je n'ai pas réussi à y croire. Dieu n'était pas là. Mon seul souhait n'a pas suffi à le faire exister.

Bref, un accident, ce n'est qu'un accident. Pure contingence. Sans aucune signification particulière. Impossible de s'y soustraire. J'aime bien l'idée que les films muets que j'ai regardés enfant – les Buster Keaton, Charlie Chaplin, Laurel et Hardy, etc. – ont été tournés peu de temps après que Freud a écrit son célèbre *Psychopathologie de la vie quotidienne*. Il donnait l'impression d'avoir trouvé un sens aux erreurs, aux accidents ; ceux-ci auraient exprimé un désir inconscient. Toutefois, je ne crois pas que l'amie montée sur sa chaise pour arroser ses plantes ait inconsciemment cherché à faire annuler son spectacle – mais je peux me tromper.

Le type d'accident dont je parle n'implique nulle intention inconsciente ; absolument aucune. Et c'est bien le problème avec les accidents – parfois, ils ne sont rien d'autre : des pépins aléatoires et inexplicables. Sans interprétation. Sans personne à incriminer.

21/10/2023

Paki, écrivain, infirme : qui suis-je maintenant ? Les questions d'identité sont les plus importantes et les plus complexes de l'époque actuelle. Certains sont consternés de voir que notre société est fractionnée en minuscules tribus où des gens ayant un minimum de caractéristiques communes forment des blocs identitaires. Cela ne saurait être surprenant, surtout dans une culture aussi atomisée et rapide que la nôtre. On aime être avec des gens qui nous ressemblent. C'est une façon de se défendre autant que de se rassurer.

La première fois que j'ai pris conscience que j'avais une identité et qu'elle pouvait m'être utile, c'est le moment où, adolescent, j'ai décidé que je voulais être écrivain. C'est ainsi que j'ai commencé à me définir tout seul, dans ma tête – *écrivain*. Personne d'autre ne savait que j'en étais un puisque, de fait, je n'avais pas écrit grand-chose et que personne n'avait rien lu de moi. Mais l'idée que je pouvais revêtir cette identité comme de nouveaux vêtements, ou comme une armure, m'a vraiment donné un bon coup de pouce. De l'enfance jusqu'à mes premières années de jeune adulte, j'avais subi des insultes racistes ; à l'école, dans la rue, c'était le nom que l'on me donnait – « Paki ». Me définir comme écrivain fut une auto-interpellation qui m'a protégé. Si je ne l'étais pas encore, j'allais le devenir – cette ambition constituait un horizon et je n'étais pas le premier à adopter un alias avant d'être prêt à l'assumer. Je vois très bien l'intérêt d'utiliser tel mot plutôt que tel autre.

Quand je marchais dans la rue, je m'entraînais à dire des phrases : « Voici Hanif Kureishi, il est écrivain » ou « Je vous présente Hanif Kureishi, vous avez lu ses livres ? ». J'aimais le son de ces tournures. Je n'ai jamais cessé d'être écrivain depuis et je ne me suis jamais lassé de cette appellation. Elle m'a ouvert des portes. Cependant, avec l'accident, je suis désormais plus un patient qu'un écrivain. Toute la journée, je suis un patient, un corps plus ou moins anonyme aux yeux de ceux qui s'occupent de moi. Je sens que mon identité m'échappe, comme si j'oubliais qui je suis et que je devenais un autre, ou presque rien. Je n'avais jamais imaginé que mon identité serait récurée au point de s'effacer, voire d'être supplantée.

J'ai l'impression que mon imagination a été réduite au silence. J'ai un peu perdu de mon éclat. Ma situation est devenue tellement étrange que je ne parviens plus à cerner qui je suis. Je ne peux plus écrire de fiction – que ce soient des histoires, des films, des romans – car ce qui m'arrive est tellement prenant que je me sens incapable d'habiter d'autres mondes.

C'est drôle de me dire que, au moment où je suis assis dans cette lugubre chambre d'hôpital, les choses vont plutôt bien par ailleurs. À Leicester, le Curve Theatre remet en route son excellente production de *My Beautiful Laundrette*, qui tournera dans plusieurs villes du Nord en début d'année. Parallèlement, la Royal Shakespeare Company travaille à une adaptation de mon premier roman, *Le Bouddha de banlieue*, avec des répétitions prévues au printemps, une première programmation au Swan à Stratford, puis des représentations à Londres.

Ces pages que j'écris depuis le début à l'hôpital, que j'ai dictées à Carlo et à ma famille, m'ont aidé à tenir. J'ai envie de continuer. Je suis souvent désespéré mais, contrairement à Jon, je ne souhaite pas mourir. Quelque chose de nouveau doit surgir de l'horreur.

J'aurai une nouvelle identité – en plus des autres, j'imagine – en tant que personne handicapée, mais je ne suis pas encore prêt. Ce n'est pas une appellation réjouissante. Je n'ai pas envie que l'on me voie ainsi mais il faudra bien que je m'y habitue ; je me bats avec cette idée. Ma maison est déjà en cours de réaménagement pour le jour où j'y retournerai. C'est réel. Il fallait le faire. Et donc, si j'étais tenté de me dire que tout ça n'est qu'un rêve, les ouvriers qui dérangent en ce moment Isabella à la maison me rappellent à la réalité.

28/10/2023

Je n'ai pas fait un travail extraordinaire quand j'étais régisseur sur la tournée de *La Métamorphose* de Kafka. J'étais trop désorganisé, je perdais tout le temps des trucs, j'étais paniqué. Ce dont j'avais vraiment envie, c'était d'écrire des pièces. Mais Steven Berkoff, le metteur en scène du spectacle, a été très gentil ; pendant plusieurs mois, il m'a embauché pour écrire ses lettres et lui servir de coursier jusqu'à ce qu'Erica Bolton me trouve un boulot au Riverside Studios, où j'ai travaillé pour David Gothard et Peter Gill. Si bien que j'ai eu l'occasion de voir *La Métamorphose* à de nombreuses reprises, dans divers théâtres puisque nous avions une camionnette pour nos déplacements. Souvent maintenant, alors que je suis étalé sur le dos sans rien pouvoir y faire, je pense au bousier, à cet insecte imaginé par Kafka – quelle incroyable métaphore, qui fonctionne sur autant de niveaux que l'on veut. Je me souviens de la répulsion, de la colère qui animent la famille et ceux qui rendent visite à Gregor Samsa. Au fur et à mesure que sa santé décline, on le trouve de plus en plus dégoûtant et je crois me souvenir qu'à la fin, il se fait lapider à coups de pommes.

J'en discutais avec mon analyste lors de notre conversation téléphonique hebdomadaire et l'on se disait qu'en fait, quand on a un accident, on se rend compte que les gens qui nous entourent sont incroyablement sympathiques. Ils veulent vous aider. Ils aiment vous apporter des choses ; ils se précipitent à vos côtés. Ils imaginent ce qu'ils ressentiraient s'ils étaient à votre place, à quel point ils voudraient qu'on les aime. Kafka est un auteur pessimiste ; sa vision du monde résonnera toujours en moi mais je me suis aperçu que mes amis, ma famille et même des gens que je connais à peine sont pleins de compassion. Ils m'écrivent des lettres, m'envoient des cadeaux, viennent me voir et me proposent parfois des sommes d'argent insensées qu'à l'avenir, je devrais peut-être accepter.

C'est bizarre que j'aie passé autant de temps récemment à partager tous ces moments intimes avec des inconnus. Ce matin encore, une jeune médecin m'a fait un toucher pour évaluer la réactivité de mon rectum. Ici, je vois plus de gens en une semaine que je n'en fréquentais en une année dans ma vie d'avant. J'ai rencontré des dizaines d'infirmiers, de médecins et de kinés depuis l'an dernier. J'ai appris que c'est une bonne chose d'être gentil et poli avec les personnes qui cherchent à vous aider. Je m'efforce de ne pas être trop grincheux même si je m'entends parfois faire des remarques irritées de vieux bonhomme.

C'est facile de parler aux gens. Si vous en avez envie, il suffit de quelques questions pour déclencher un tsunami de confessions. Allongé sur mon lit, le soir, pendant qu'on me change, je suis capable de décadenasser les histoires les plus terribles et les plus déconcertantes. Beaucoup sont saugrenues, loufoques ; récits de l'asile, exposés de kidnappings ou d'autres formes de violences affectives et de terreurs psychologiques.

Les gens aiment parler, ils ont envie de se raconter, ils ont envie qu'on les connaisse. C'est parfois écrasant ; si on vous en dit trop, ça devient difficile à absorber. Je demande à mon analyste, ainsi qu'à d'autres amis thérapeutes, comment ils font pour écouter toute la journée des choses perturbantes. Mais c'est leur travail, ils l'ont choisi, ils savent se protéger. En tant qu'écrivain, je suis curieux de connaître les tragédies des autres et vous pourriez penser que j'accueillerais volontiers ces confidences. Mais j'ai besoin de plus de distance – ce dont je bénéficiais dans ma vie d'avant et ça me convenait. Je voyais mes amis où et quand je voulais. Il y avait une limite à ce que je pouvais endurer ; c'était moi qui contrôlais. Mais maintenant que je suis ici, je fais en sorte d'être aimable, je pose à ces nouvelles personnes des questions toutes simples et je provoque parfois une avalanche de révélations. J'entends des choses que je voudrais pouvoir oublier aussitôt. On n'est pas au pub ici, les gens n'ont pas tendance à vous raconter des histoires très rigolotes, on n'entend peu de plaisanteries. Je discute avec un patient, un chauffeur de taxi qui a soulevé une valise à l'aéroport et qui s'est cassé la colonne en deux ; il y a aussi un jeune gars plein de vie et très sympa, il fonce comme un bolide avec son fauteuil dans le couloir, il s'est retrouvé là après une interpellation au taser par la police.

Le personnel de l'hôpital est parfois extrêmement optimiste : ils aiment souligner que vous faites des progrès ; ils ont envie de croire que leur travail n'est pas en vain. Mais je me rends bien compte, même quand ils me disent tout cela, que je n'en reste pas moins un homme brisé au corps bousillé.

Ici, les infirmières et infirmiers viennent de tous les coins du monde. Leurs histoires ont une résonance universelle et sont racontées avec une multiplicité d'accents ; elles viennent des Philippines, d'Inde, d'Afrique du Sud, des Caraïbes, beaucoup du Ghana et du Népal. On entend souvent les hommes politiques parler de réduire l'immigration mais, nous le savons, les Britanniques veulent deux choses incompatibles : un système de santé efficace avec un personnel nombreux, et moins d'immigrés. Le NHS et les centres de soins ne peuvent fonctionner que grâce à une immigration régulière et j'ai pu constater, depuis le temps que je suis à l'hôpital, le nombre de nouveaux immigrés qui sont là, qui sont arrivés au Royaume-Uni récemment, avec un visa de travail.

Ce qui a changé dans ma vie cette année, c'est que je passe beaucoup plus de temps avec les gens que je connais. L'autre fois, Tracey me faisait remarquer qu'en ce moment, elle me voyait bien plus qu'avant. Chaque matin, je parle sur FaceTime avec mes fils et ma famille. Samreen vient me voir plusieurs fois par semaine ; elle m'apporte à manger, elle me gratte la tête, le dos aussi. On peut rester ensemble plus longtemps qu'on ne le faisait habituellement. Quand on discutait au pub, ça ne durait jamais plus d'une heure et demie et, ensuite, on pouvait passer des mois sans se voir. Ce cas de force majeure a ouvert un espace pour des amitiés plus complexes.

Je fais des séances de kinésithérapie tous les jours. Je peux rester debout à peu près vingt minutes, encadré par deux kinés, qui me tiennent devant et derrière. Je n'ai pas la force de mettre un pied devant l'autre si bien que la perspective de marcher ne m'effleure même pas. Plusieurs ergothérapeutes se sont occupés de mes mains mais je ne peux toujours rien tenir ; je ne peux donc pas me brosser les dents, me nourrir, ni même prendre un stylo. Je sens que mon corps a plus de force mais j'ai attrapé des escarres dans mon fauteuil roulant et je dois donc passer des heures entières au lit, à m'ennuyer à mort. J'ai un fauteuil électrique maintenant, ce qui veut dire que je suis un peu plus autonome et que je peux me promener dans le service en bougeant la manette de commande avec la main droite, même si je ne peux pas bouger les doigts. Ça me permet d'aller dans la salle commune, de sortir dans le parc, quand il ne pleut pas. Néanmoins, comme je le disais, rester assis tant de temps chaque jour, avec le poids de mon corps qui pèse sur mes fesses, c'est vraiment quelque chose auquel je ne m'habitue pas.

On m'a dit que j'allais sortir le 20 décembre pour rentrer chez moi où, la majeure partie du temps, j'aurai besoin de soins et d'attention. Je vois les infirmières et infirmiers discuter en face dans le couloir. La sécurité qu'ils m'apportent, du fait de leur disponibilité permanente, va me manquer.

4/11/2023

Ce matin, deux infirmières de service parlaient de moi : « C'est l'homme qui ne sourit jamais. » Ce à quoi j'ai répondu : « Personne ici ne dit jamais rien qui soit un peu drôle. » C'est vrai, je ne suis pas quelqu'un qui sourit facilement ; je n'aime pas qu'on cherche à me faire rire. Malgré tout, la comédie est le genre que je préfère. J'aime faire rire les autres mais on m'accuse souvent d'avoir un humour caustique.

Parfois, on me demande pourquoi il y a de l'humour dans mes livres mais, pour moi, c'est comme demander à quelqu'un pourquoi il y a une histoire dans son roman. L'humour fait partie intégrante de telle idée, de tel style, de la même manière qu'il est constitutif de tel individu, de sa façon de parler, de voir le monde.

Mon père était quelqu'un de drôle. L'un de ses écrivains préférés, c'était Oscar Wilde. Il aimait *l'esprit* mais, comme moi, il n'appréciait pas particulièrement les blagues qu'on lui racontait et qu'il trouvait lourdes. Le trait d'esprit est spontané, il surgit dans une situation précise, ça n'a rien de prévu ni de calculé, ça arrive à un instant donné, c'est une surprise, un choc ; comme ce qui arrive soudainement, ça change l'ambiance.

Du matin au soir, mon père était un homme marrant et ses nombreux frères étaient comme lui ; l'humour se propageait librement de l'un à l'autre. Tout pouvait être drôle, tout était susceptible de les amuser ; c'était ça le but de leurs conversations ; ils discutaient pour se remonter le moral. Ils se faisaient rire les uns les autres, mais sans calcul apparent. Ça venait naturellement.

Tout peut devenir amusant : mon fils Carlo me rappelait que, dans les grands textes de Primo Levi sur Auschwitz, les personnages, en dépit de leur situation dramatique, ou peut-être parce qu'ils étaient dans une telle situation, cherchaient malgré tout à se distraire entre eux.

Je trouve un peu étrange d'écrire ça parce que, je dois bien le reconnaître, je n'apprécie guère le rire. Quand les gens rient autour de moi, surtout depuis que je suis dans cet hôpital, ça m'agace ; je me verrais bien leur dire : « Putain, qu'est-ce qu'il y a de si drôle dans cet environnement de merde qui vous fasse rire comme ça ? » Ça me donne envie de les étrangler.

Ce traumatisme m'a rendu envieux, surtout des plaisirs des autres, et peut-être que, lorsqu'ils rient, je sens quelque part qu'ils partagent une joie qui m'échappe. Ce qui ne m'empêche pas de penser que tous les grands auteurs sont profondément comiques : Shakespeare, Dickens, Proust, Joyce et, bien sûr, Kafka – tous sauf Tolstoï, qui était du genre sérieux et qui n'était pas connu pour son humour. L'humour est un rempart contre l'ennui et l'ennui, surtout à l'hôpital, est la chose la plus destructrice qui soit. Au cours de cette année, je me suis ennuyé dans des proportions que vous pouvez à peine imaginer. Les heures passaient sans que rien ne se produise, j'étais allongé dans mon lit à attendre de prendre une douche, à attendre qu'Isabella arrive, à attendre qu'on me divertisse, à écouter en boucle les nouvelles horribles des journaux.

Bizarrement, je n'ai pas perdu mon sens de l'humour, malgré mon air triste. Je suis pris en charge, dans cette chambre même, par un psychiatre du NHS toujours très concentré (je me demande s'il a jamais existé un seul psychiatre amusant). Bêtement, j'aime bien essayer de le faire rire, pour voir si je peux briser la carapace de son professionnalisme. Avec son air un peu guindé, il me dit régulièrement que je souffre de dépression chronique. La seule solution qu'il ait à me proposer, et il doit y avoir d'autres patients dans mon cas, c'est de me prescrire de nouveaux antidépresseurs. J'imagine que ça lui permet de se sentir moins inutile.

Au fur et à mesure de nos discussions, je comprends peu à peu que les psychiatres ne sont pas des thérapeutes ; l'écoute ne les intéresse pas tellement, ils posent un diagnostic trop tôt, comme si c'était ce qui les préoccupait le plus. On dirait qu'ils n'ont pas envie d'en savoir davantage. Je trouve ça irritant. Malgré tout, ce psychiatre continue de venir me voir et j'ai fini par faire une analyse de ses rêves à lui. Il était particulièrement frappé par le nombre de fois où il avait rêvé de Donald Trump : il a fallu que je lui explique qu'il enviait la brutalité et la liberté avec lesquelles cet homme fait et dit tout ce qui lui passe par la tête.

Parfois, j'essaie de faire la même chose avec les médecins, pour essayer d'aller au-delà du rôle qu'ils se sont choisis, pour voir s'il y a quelque chose de plus doux sous le masque, quelque chose que je puisse atteindre, qui révélerait qu'ils sont davantage qu'une encyclopédie médicale parlante.

Freud a écrit un ouvrage entier sur le mot d'esprit, dans lequel il y a peu de blagues et, quand il y en a, elles ne sont pas drôles. Il avait compris que l'humour, au même titre que la sexualité, est ce qui peut nous prendre par surprise, là où l'inconscient se dévoile. L'inconscient ne se tient pas juste sous la surface ; il est subtilement caché au vu et au su de tout le monde mais il peut être libéré grâce à la clé de l'humour ou de la sexualité, ces deux domaines étant étroitement liés. Le mot d'esprit est l'expression brillante d'une vérité, une façon de révéler quelque chose de manière concise et efficace et, soudain, le monde nous paraît meilleur. Après tout, la plupart des divertissements que nous cherchons dans les films, à la télé, dans la littérature ou par l'intermédiaire des réseaux sociaux sont comiques, d'une manière ou d'une autre. Nous sommes des animaux en quête de rire.

Quand je voyais mes oncles et leurs amis qui cherchaient à se faire rire, à être plus malins les uns que les autres, je savais que, plus tard, j'aurais envie de leur ressembler. Si, aujourd'hui, je suis drôle, c'est quelque chose que j'ai appris et que j'ai cultivé ; c'est une forme de créativité, comme n'importe quelle conversation.

11/11/2023

Un jour, une jeune personne qui débutait dans l'écriture m'a demandé pourquoi il était si difficile d'écrire sur le sexe. J'avais répondu avec désinvolture que tous les domaines sont difficiles à aborder quand on écrit. Le mariage, la mort, les paysages, les personnages historiques, n'importe quoi d'autre : rien n'est facile. Et c'est tant mieux. Il devrait toujours y avoir un peu de frottement dans la méthode d'approche entre soi et le sujet retenu. Imaginez un peu le délire s'il suffisait de s'asseoir pour écrire un chef-d'œuvre, puis un autre et ainsi de suite. La frustration, les difficultés font partie du processus. Mais j'ai aussi regretté la réponse que j'avais faite à l'époque car, aujourd'hui, quand j'y repense, il me paraît évident qu'il y avait plus à dire.

Il est difficile d'écrire sur le sexe, tout comme il est difficile d'écrire sur la musique ; les sensations sont si intimes, si intenses qu'il est dur de trouver le vocabulaire adapté. Des mots tels que « membre », « pénétrer », « pousser des cris », d'autres encore, semblent si banals, voire ridicules, comparativement à la complexité de la scène de sexe, qui implique tellement plus.

C'est bizarre de se dire que, dans les années 1950 et 1960, quand j'étais enfant puis adolescent, personne n'avait le droit d'écrire quoi que ce soit d'explicite sur le sujet. À l'époque, on censurait encore les livres, on les poursuivait en justice. Des procès ont été intentés contre Henry Miller, Nabokov et, bien sûr, contre D. H. Lawrence, qui ont tous cherché à écrire sur la copulation – du point de vue d'un homme, forcément. Il est absurde de penser que des textes aussi inoffensifs aient pu être perçus comme dangereux. Aujourd'hui, tout le monde peut écrire ce qu'il veut sur le sexe sans que personne ne s'en plaigne, en Occident tout du moins. Mais peut-être a-t-on instauré une autre forme de répression en faisant de la sexualité quelque chose de banal ou de trivial ; il est même possible qu'elle ait perdu la puissance et la signification qu'elle recouvrait autrefois. Mais c'est peut-être juste moi pour qui, avec ce traumatisme, la sexualité ne semble plus exister que dans un univers parallèle, ou uniquement dans le passé.

Hier soir, ici à l'hôpital, je discutais avec un ami bisexuel, assez chaud lapin, qui a un cancer de la prostate. En fait, il était impressionné par le temps qu'il avait consacré au sexe dans sa vie : à fantasmer, à organiser, à acheter des accessoires, à tromper, à mentir, à s'y adonner, à s'en souvenir. Il avait même eu une relation avec un homme prostitué qui, après deux semaines passées ensemble, et après avoir volé cet ami, avait tué un autre de ses clients par overdose. Tous deux, nous avons cherché à comprendre pourquoi la sexualité avait eu une telle importance pour notre génération et comment nous allions faire à présent. C'était comme si nous avions été possédés et que, une fois la fièvre retombée, nous ne pouvions que spéculer sur les raisons d'une telle emprise.

La littérature a toujours évoqué la sexualité. Celle-ci n'a cessé d'être là, mais de manière subtile, déguisée. On la trouve au théâtre, de Shakespeare jusqu'à Tennessee Williams, enfouie dans la langue. Je repensais d'ailleurs récemment qu'il en était beaucoup question dans la deuxième partie de *Middlemarch*, qui n'est pas un roman connu pour son érotisme.

Quel dommage, quelle ineptie également que la grande littérature n'aborde pas plus explicitement le sujet. J'aurais adoré savoir ce que les personnages que nous apprécions le plus aiment faire au lit : ce qu'ils portent, ce qu'ils disent, leurs attitudes, leurs particularismes, leurs fétichismes. Freud nous avait dit que la sexualité était le cœur de notre espèce. Ce qui semble un peu exagéré aujourd'hui. Nous avons davantage tendance à penser que c'est la violence qui est au cœur de notre âme et de notre civilisation. Malgré tout, j'aurais raffolé de savoir ce que nos grands maîtres – Tolstoï, Tchekhov, E. M. Forster – auraient pu dire à ce propos, s'ils avaient eu la liberté d'écrire sans entrave.

Quel gâchis de constater que, pendant des siècles, les lecteurs et les censeurs étaient incapables de supporter la perspective d'écrire ou de lire le moindre texte où il aurait été question de copulation. Certaines sexualités marginalisées, en particulier gays et lesbiennes, ont été doublement refoulées. Nous aurions pu en apprendre tellement plus sur le plaisir et le désir si nous n'avions pas eu si peur qu'un écrivain décrive un orgasme. Si la sexualité est un tel moteur et une caractéristique si cruciale des comportements humains, il semble parfaitement énigmatique qu'on l'ait exclue à ce point de la production littéraire. Cette censure paraît si absurde aujourd'hui, même si elle persiste dans de nombreuses régions du monde.

Il n'en demeure pas moins qu'il est difficile d'écrire sur le sexe, cela ne fait aucun doute. Le lexique est souvent très pauvre ; c'est comme si on essayait d'enfermer la musique ou l'eau dans des mots : il faut être délicat et l'on serait sans doute mieux placé si l'on racontait ce qui se passe de l'intérieur, du point de vue du personnage, pour connaître la signification de chaque mouvement, de ce qui a pu susciter telle envie. Après tout, c'est une activité aussi personnelle que n'importe quelle autre, qu'il s'agisse de conversation ou de rire, et pour décrire dans son intégralité un personnage de théâtre ou de roman, on pourrait souhaiter avoir une idée de ce qu'ils aiment faire dans l'intimité. On en apprendrait beaucoup sur eux. Comment peut-on ne pas en tenir compte ? C'est un élément de motivation tel, surtout quand on est jeune.

Puisqu'il a souvent été impossible d'en parler concrètement dans les romans, dans les films ou dans les pièces de théâtre, les écrivains et les réalisateurs ont dû recourir à des moyens créatifs. On le perçoit surtout dans les sonnets de Shakespeare qui, on le sait, sont imprégnés de sensualité. Vous pourrez me rétorquer que ne pas évoquer ces questions charnelles crée une sorte de mystère. Toutefois, la censure, même si elle peut inspirer des solutions créatives, ne doit jamais être la bienvenue nulle part. Quand nous supprimons le sexe de la littérature, nous perdons quelque chose qui nous stimule, qui nous fait aimer et rire. Nos désirs nous désorientent et nous surprennent ; ce sont des forces si puissantes que je peux comprendre pourquoi il faudrait les escamoter. À mes yeux, la sexualité devrait être honorée, explorée, protégée puisqu'elle nous rend créatifs et qu'elle rend les autres fascinants.

Avant Internet, à l'époque où j'écrivais de courtes histoires pornographiques pour ces magazines placés en haut des présentoirs, je m'étais dit que les lecteurs seraient plus attirés par les images que par mes descriptions. Mais dans ces années-là, de jeunes écrivains sans maison d'édition comme moi arrondissaient leurs indemnités de chômage en écrivant à la chaîne des textes cochons. La plupart du temps, le scénario tournait autour d'une femme au foyer qui s'ennuyait et séduisait des travailleurs manuels du genre plombiers ou jardiniers (pourquoi pas des architectes ?). C'est un fantasme de base, que l'on déclinait à l'infini, en utilisant sans cesse les mêmes termes. C'était ennuyeux à écrire, barbant à lire. J'imagine que nous nous efforcions de proposer des textes aussi originaux et vivants que possible mais l'originalité n'était pas de mise : tout ce que l'on attendait de nous, écrivains, c'étaient quelques mots-clés susceptibles d'exciter le lecteur, qui finirait par se branler. Aujourd'hui, ça paraît incroyable, presque impensable, que des gens aient pu trouver que des textes, plutôt que des images, étaient émoustillants.

À cette même période, je vivais dans une maison avec rez-de-jardin et, à mesure que j'écrivais et réécrivais mes textes, je chiffonnais les pages raturées pour les jeter par la fenêtre qui donnait sur le jardin de l'appartement du dessous. Plus tard, j'ai lié connaissance avec le couple qui y habitait et la femme m'a dit qu'elle avait été horrifiée de déplier ces pages tapées à la machine et d'y lire de telles obscénités. Elle s'était fait une idée très idéalisée des écrivains, s'imaginant que c'était une sorte de jeune Graham Greene qui vivait à l'étage, plutôt qu'un marchand de stupre.

18/11/2023

Vous auriez pu penser qu'avec la fin de mon séjour qui se profile, je serais devenu plus joyeux. De fait, je suis raisonnablement enjoué. Mais, alors que nous approchons du jour de ma sortie, je suis de plus en plus inquiet.

Je me fais du souci pour Isabella surtout, à cause de toutes les responsabilités qu'elle va assumer. Avec l'assistante sociale, elles vont devoir mettre en place divers types de soins, sachant qu'ici, ils sont assurés vingt-quatre heures sur vingt-quatre. L'avantage de l'hôpital, c'est que je suis entouré d'infirmières et d'infirmiers ainsi que d'équipements médicaux en permanence. Ce ne sera pas la même chose une fois rentré. Quand j'y pense vraiment, je me rends compte que je ne peux pratiquement rien faire par moi-même. Le matin, après le réveil, il faudra me faire la toilette, m'habiller, me soulever pour m'installer dans mon fauteuil roulant. C'est un peu comme s'il fallait remonter le Titanic à la surface. Puis, j'aurai besoin de quelqu'un pour me donner à manger, m'emmener faire les courses, préparer mon déjeuner et s'occuper de quelques bricoles de boulot ainsi que de mes cours d'écriture créative à l'université. L'étendue de mon impotence m'apparaît de plus en plus clairement au fur et à mesure que je me projette.

Je discutais de ça avec un autre patient, un homme d'âge moyen qui, plus tôt dans l'année, était tranquillement dans son jardin quand il a trébuché sur un râteau et s'est brisé les cervicales. Il est désormais confiné à son fauteuil et ne peut se servir que d'une main. Je suis impressionné par sa colère. Il se plaint de ce qui lui est arrivé comme si c'était un désagrément extrême. Autrefois, il vivait sa vie *normalement*, comme il dit, et du jour au lendemain, il a dû recruter quelqu'un qui lui nettoie les fesses et l'aide à s'extirper du lit. On voit sur son visage la violence de cette rupture avec sa vie antérieure. Il sort bientôt mais il faudra qu'un auxiliaire de vie s'installe aussi chez lui. Et il en aura besoin d'un autre quand le premier prendra ses congés. Il devra solliciter une assistance permanente auprès de l'infirmière locale et de la municipalité de son quartier. Je serai dans le même cas.

Actuellement, je fais installer une salle de bain dans ma salle à manger, on abat une partie de la cloison dans l'entrée pour que mon fauteuil puisse passer, et au cas où l'on voudrait installer un monte-escalier dans les prochains mois. Pour Isabella, ces travaux, avec la poussière et le bruit, sont une énorme source d'inquiétude. Elle n'avait jamais imaginé vivre dans une maison conçue pour une personne handicapée, où il n'y a pas beaucoup de place pour accueillir tout l'équipement nécessaire.

À l'hôpital, on m'épargne tous ces tracas et j'espère que les travaux seront terminés avant mon retour. Nos vies à moi et ma famille ont pris une drôle de tournure. Rien à voir avec une agréable préretraite. Personne parmi mes proches n'échappe à cette tragédie. Tous nous avons dû nous adapter et affronter notre résistance au changement.

En attendant, je me déplace de couloir en couloir, installé dans mon fauteuil électrique. Je peux aller de ma chambre à la salle commune où les gens prennent leurs repas et regardent la télé ; je peux aussi aller jusqu'à l'espace qui donne sur le parc où je discute avec les bénévoles. De là, je peux faire un tour dans le parc en question, s'il ne fait pas trop froid et s'il ne pleut pas. J'ai mon circuit avant de retourner dans ma chambre écouter la radio. Je vis dans un petit monde où j'ai pris mes marques et je suis anxieux à la perspective de le quitter.

Ce centre est occupé par des personnes en situation de handicap et par celles et ceux qui en prennent soin. Être à moitié immobilisé ici n'est pas vraiment un problème. Les gens ne vous rabaissent pas quand ils vous parlent. Mais devenir un handicapé dans un monde de personnes valides, c'est une autre histoire. J'ai peur du regard des autres, de ce qu'ils penseront quand ils me verront. Je redoute les films que je vais me faire sur leurs vies excitantes de bien-portants avec leur corps en pleine forme. Je ne serai plus jamais comme eux ; je vais devoir apprendre comment habiter cet individu que je suis devenu. Mais je n'en ai aucune envie, je suis aux prises avec un combat intérieur, je ne veux pas abandonner celui que j'étais avant.

02/12/2023

Mon monde s'est rétréci en même temps qu'il s'est agrandi. Je fais de nouvelles choses chaque jour, auxquelles je n'avais jamais pensé une seule seconde. Je vis dans une petite chambre pour une personne dans le bâtiment principal d'un service hospitalier qui héberge vingt-huit patients. Quand je suis à ma porte, assis dans mon fauteuil électrique, je suis juste en face du bureau où trois ou quatre infirmières sont occupées à diverses tâches. Les patients passent en fauteuil dans un sens et dans l'autre, de même que les visiteurs, les médecins, le personnel infirmier, les brancardiers, les travailleurs intérimaires, etc. Je suis au beau milieu de cet écosystème affairé, surprenant ici et là toutes sortes de conversations. Je regarde défiler le monde, comme on dit, ce qui n'est pas sans intérêt. Parfois, deux ou trois heures s'écoulent sans que j'aie ni visiteur ni séance de kiné et comme, pour des raisons pratiques, je ne peux pas regarder de film ni lire de livre, la seule chose que je puisse faire, c'est observer et écouter.

Quand il sera l'heure de quitter ma chambre pour la salle de rééducation, à cinq minutes à l'autre bout de l'hôpital, j'aurai l'occasion de saluer bon nombre d'infirmières et de médecins, que j'appelle par leur prénom maintenant.

Hier, je suis tombé sur Jon. Il avançait vers moi dans son fauteuil, l'air encore plus déprimé et cafardeux que d'habitude, même pour quelqu'un comme lui.

« Je me suis chié dessus, me dit-il.

— Comment as-tu fait ton compte ? Je croyais que tu avais eu un lavement ce matin ?

— C'est aussi ce que je croyais. »

Afin de lui remonter le moral, je lui ai raconté que je m'étais pissé dessus un peu plus tôt dans la journée, à cause du tuyau de mon cathéter qui s'était tordu quand on m'a déposé dans mon fauteuil. Il avait fallu changer mon pantalon. Jon est paralysé depuis les tétons jusqu'aux pieds si bien qu'il n'a aucun contrôle de tout le bas de son corps. Il s'inquiète à l'idée que, s'il retourne enseigner à l'université, il pourrait avoir un accident de ce type en plein cours. Il est tourmenté par d'autres questions, comme de savoir où il habitera une fois sorti. D'autres patients ici, certains qui ont la vingtaine, font face aux mêmes préoccupations. Quand ils devront s'en aller, sauf à trouver un logement adapté, ils seront placés dans une maison de santé, de manière transitoire, le temps de trouver mieux. Ça peut prendre des mois. Le problème des maisons de santé, c'est qu'elles proposent très peu de rééducation, parfois rien, et qu'elles n'ont pas de salle de sport. Moi, j'ai de la chance, avec une maison où aller, une compagne et une famille qui me soutiennent.

Un jour, dans le couloir, un homme en fauteuil se met en travers de mon chemin et me demande si je m'appelle bien Hanif. Il doit avoir une trentaine d'années, porte un survêtement de couleur vive, dégage une vitalité juvénile et exhibe des bras dont l'énergie le propulse avec aisance. Il y a quelques années, lui aussi a fréquenté cet hôpital. Il avait eu un terrible accident alors qu'il séjournait à l'étranger dans un hôtel où il y avait eu un attentat terroriste. Il avait entendu des coups de feu à l'extérieur de sa chambre et, en ouvrant la porte, il avait compris qu'un incendie avait embrasé le bâtiment. Il avait alors cherché à s'échapper par la fenêtre en nouant les draps de son lit. En tombant, il s'était cassé le dos. Il avait fait ce qu'on appelle ici « une rupture totale ». Il me raconte toute son histoire, comme il doit le faire avec les autres patients, pour établir un lien et que l'on saisisse tout le chemin parcouru depuis sa situation dramatique en 2009. Il me confie qu'il aurait aimé avoir tout écrit, comme moi, à chaque étape, pour en saisir la sensation brute, l'horreur subie, sans aucun recul. Sinon, on oublie les détails ; il est impossible de tout se rappeler.

Tout en continuant de rouler dans le couloir, je dépasse les baies vitrées à gauche et je sens une odeur de shit ; je sais que les gamins ont encore fumé. Les infirmières se précipitent pour réprimander ces jeunes patients tristes et charmants, que le personnel aime beaucoup pour le culot et la fougue dont ils font preuve. J'atteins le couloir qui mène à la salle de sport. Je regarde dehors, la pelouse, les arbres, je me sens très loin des miens.

Quand j'arrive à la salle, je reconnais tout le monde, les kinés et les ergothérapeutes, les étudiants et les nouveaux patients.

C'est l'heure du déjeuner et je n'ai plus rien à manger dans le réfrigérateur : je vais devoir en passer par le menu de l'hôpital, des macaronis au fromage, le seul plat que je peux ingurgiter sans avoir envie de vomir. Une infirmière installe mon bras gauche dans une attelle en métal qu'on appelle « gouttière de maintien », qui peut être suspendue. Elle insère dans mon orthèse une fourchette spécialement conçue si bien que je peux la planter dans un macaroni et le porter jusqu'à mes lèvres. Comme vous l'imaginez aisément, c'est un processus qui prend du temps et qui manque de précision. J'arrive à mettre quelques pâtes dans ma bouche mais beaucoup tombent sur mes vêtements et certaines se retrouvent par terre. Quelle que soit la manière dont je mange, c'est un cauchemar : si l'on me nourrit, ce n'est jamais au bon rythme, la becquée va trop lentement ou trop vite ; je me rends bien compte que je dépends totalement de l'autre en face. Mais l'infirmière veut que je sois « autonome », comme elle dit, pour que, le jour où je sortirai d'ici, je puisse manger tout seul. Ça me semble tellement dérisoire : porter la nourriture à sa bouche n'est qu'une infime partie de tout ce qu'il faut faire pour s'alimenter ; je ne peux pas marcher pour faire mes courses ni sortir quoi que ce soit du frigo, je ne peux rien utiliser dans la cuisine ni faire ma vaisselle.

Trois kinés m'emmènent jusqu'à la piscine d'hydrothérapie à l'autre bout de l'hôpital. L'un d'eux écoute du

Mozart sur son téléphone portable tandis que les deux autres enfilent leur maillot de bain. Puis, on m'attache à une chaise avant de me descendre dans l'eau bien chaude. Je flotte sur le dos et me laisse traîner à travers toute la piscine par les deux kinés. C'est une expérience délicieuse ; je suis détendu, je donne des coups de pied avec les jambes, je bouge les bras. J'ai envie de m'étirer, de nager. Puis, je m'assois sur une petite plateforme au bout de la piscine, je me mets debout et je fais quelques pas. Sous l'eau, il est facile de se mouvoir et je comprends que je peux parfaitement marcher tout seul, je peux faire avancer mes jambes et parcourir toute la longueur sans me fatiguer. Je suis euphorique et optimiste ; j'ai envie de faire ça tout le temps.

09/12/2023

J'aimerais que rien n'ait changé dans mon monde. Toutefois, certaines modifications sont intéressantes. L'une d'entre elles concerne les relations que j'entretiens avec les femmes qui me sont proches, qui s'occupent de moi de manière très intime et sur de longues périodes.

Juste après mon accident, quand j'étais d'abord à Rome, puis dans deux hôpitaux différents à Londres, je détestais être seul et j'ai eu beaucoup de visites : celles de ma famille, de mes amis, de connaissances, de personnes avec qui j'ai travaillé. Mais certaines relations ont évolué de manière totalement imprévisible, de la même façon que mes exigences de tendresse et d'amitié. Samreen vient toujours me voir au moins une fois par semaine bien qu'elle ait sa propre famille ; elle m'apporte de quoi manger, me masse les mains ; on passe des heures ensemble, à parler politique, rêves, éducation scolaire, Shakespeare, et tout un tas de choses qui nous passent par la tête. Nous sommes amis depuis des années – je lui ai appris comment écrire à une époque – mais, jusque-là, on se voyait une fois de temps en temps pour échanger des choses factuelles sur nos vies. Aujourd'hui, j'ai besoin qu'elle me donne bien plus, que les autres aussi me donnent plus, ce qui est le cas, et j'ai parfois eu des suppléments.

Une autre femme, dont je n'étais pas très proche auparavant, mais qui a beaucoup souffert tout au long de sa vie, arrive avec un repas, passe deux ou trois heures avec moi, me lit les journaux à haute voix. Puis, elle me brosse les dents, prépare mes vêtements pour le lendemain, m'incline la tête et réarrange les draps, m'aidant ainsi à me préparer à la nuit qui arrive. Pratiquement tous les gens qui viennent me voir me posent la même question : « Est-ce qu'il y a quelque chose que je peux faire ? » Eh bien, oui, il y en a un paquet, si vous en avez vraiment envie.

Certains ont fait des choses pour lesquelles je n'aurais jamais imaginé avoir besoin d'aide : me mettre un nouveau pyjama, me gratter la tête, être là à discuter longuement, rester assis à côté de moi pendant que je somnole. D'autres que je ne voyais que tous les deux ou trois mois sont parfois venus tous les jours. Dans les deux hôpitaux précédents, Isabella me disait que c'était quelquefois la folie, avec des visites qui se succédaient toute la journée sans relâche. Il y a eu des rencontres bizarres, des rencontres intéressantes aussi, quand j'étais à l'étroit dans cette petite chambre du service psychiatrique. Deux réalisateurs expliquant qu'ils préféraient le numérique à la pellicule classique parce que c'était tellement plus facile à retravailler – on peut encore ajouter de la lumière sur une scène alors qu'on en est déjà au montage. Un psychanalyste, un thérapeute de couples et un chanteur pop essayant de comprendre pourquoi les gamins ne veulent plus aller à l'école de nos jours. Un romancier discutant réseaux sociaux et capacité d'attention avec un de mes fils. Un ancien banquier est venu avec deux bouteilles de Bollinger, des tas d'histoires politiques immondes et un casque de RV, pour me requinquer un peu.

Comme je l'ai dit plus haut, Isabella s'est demandé un moment si mon emploi du temps n'était pas trop chargé et si les gens ne venaient pas juste pour me regarder, comme si j'étais une bête curieuse. Mais j'avais des insomnies, je me sentais seul et déprimé, tous ces rendez-vous et connexions improbables entre les uns et les autres me rappelaient qu'il y avait encore un monde auquel s'intéresser. Ces visites sont aussi un moyen de rester en relation avec un pays que j'ai peur de voir s'éloigner.

C'est incroyable ce que ce traumatisme corporel a pu provoquer chez les autres, ce qu'il a révélé. Je me demande qui je suis pour chacun, quelle signification j'incarne mais ce n'est peut-être pas une chose que je puisse cerner, ni à laquelle eux-mêmes aient accès. À l'évidence, une situation comme la mienne, où la vulnérabilité est tellement incontournable, touche quelque chose chez tous ces gens, que j'ai trouvés particulièrement dévoués. Parfois, ça me tracasse car je me demande si je serais capable d'en faire autant. Je n'en sais rien ; j'en doute mais, au fond, je ne sais pas. Il est clair que j'ai désormais une perception très différente de la maladie. Je ne la conçois plus comme une effraction mais plutôt comme une composante inévitable et essentielle de nos vies, d'autant que nous vivons plus longtemps.

Ma relation avec ma compagne Isabella et ma relation avec Tracey ont également évolué. Elles font bien plus pour moi que l'inverse et je me demande comment je pourrais équilibrer un peu les choses, comme si c'était nécessaire. Est-ce que les relations sont forcément égalitaires ? Mes amies femmes donnent davantage dans leurs attentions que les hommes ; elles sont plus tactiles, plus nourricières, plus démonstratives dans leur affection, elles ont moins peur de la maladie et des hôpitaux que mes amis hommes. Et quand elles arrivent, elles font toujours un peu de rangement.

Le lien que j'entretiens avec mes trois fils s'est lui aussi transformé. Pendant un temps, Sachin était en colère contre moi ; quand il était assis dans la chambre d'hôpital, il trépignait de rage de me voir ainsi ; il était impatient de partir reprendre le cours de sa vie, comme si j'étais un obstacle. Et puis, parfois, une heure plus tard, il revenait, se sentait coupable, s'en voulait. En tout cas, si j'ai pu me demander pourquoi on pouvait bien avoir envie de faire des enfants, je peux vous assurer que ça vaut le coup au final, et qu'ils vous aimeront comme vous les avez aimés à l'époque où ils étaient démunis et dépendants. Je dis tout ça parce que, l'autre jour, quelqu'un m'a demandé si je pensais que quoi que ce soit de bien avait émergé de cette catastrophe. Je n'avais pas aimé la question parce que je ne voulais attribuer aucun bon point à cette situation horrible. Mais, de fait, il m'a fallu apprendre à solliciter les gens autour de moi ; je ne peux pas m'inquiéter de savoir si je les dérange et, si c'est le cas, c'est à eux de me le dire ; ça a développé chez moi une nouvelle façon de communiquer : il ne faut plus que je dissimule mes pensées, mes envies, je dois apprendre à les exprimer. Je crois que j'ai été quelqu'un de relativement inhibé, qui ne voulait pas embêter les autres, mais tout ça n'est que faux-semblants et mensonges ; parfois, le seul moyen de s'en sortir, c'est d'être direct.

Au début, j'étais sans doute inquiet à l'idée que cet accident me rendrait plus faible, moins puissant, en tant que père, compagnon ou ami. Mais, maintenant que je suis infirme, je me sens plus puissant, en fait. Les gens malades peuvent dominer une famille entière, aspirer tout l'oxygène environnant. Être souffrant, c'est exercer une emprise sur son entourage ; à cause de votre état, les autres ne peuvent pas vous dire non et ils peuvent aussi penser que leurs exigences ne sauraient rivaliser avec les vôtres.

16/12/2023

Alors que je traverse avec agilité le service dans mon fauteuil électrique, je me sens d'humeur plus légère que d'habitude : je suis censé partir dans un ou deux jours. Je me retrouve face à Jon ; comme lui aussi a fait philo à l'université, je lui demande s'il a un peu de temps pour discuter d'un problème moral impérieux.

Récemment, l'un de mes fils s'est rendu à une petite fête où il avait généreusement apporté, en guise de cadeau, deux barrettes de shit agrémentées de champignons hallucinogènes ; il les avait laissées dans un sac dans l'entrée. Inutile de dire que, dans le quart d'heure qui a suivi, le chien de la famille avait ouvert le sac et ne s'était pas gêné pour engloutir la quasi-totalité de ces barrettes aux champignons. Bientôt, l'animal – un chihuahua – se mit à triper salement, en gémissant de manière convulsive. On l'emmena d'urgence chez le véto, qui lui fit un lavage d'estomac, ce qui acheva de ruiner la soirée et coûta aussi cinq cents livres au propriétaire de la bête. Finalement, le chien se portait bien. Le lendemain, l'hôte des lieux demanda à mon fils de régler l'addition. Mais, qui était responsable ? C'est ce dont le philosophe et moi avons parlé. Nous avons conclu en disant, bien sûr, que c'était au maître de contrôler ce chihuahua fureteur, d'autant que la marchandise était parfaitement emballée.

Cela n'empêcha pas les querelles pour savoir qui allait payer les frais de vétérinaire mais Jon était catégorique : c'était la responsabilité du propriétaire sauf si la question prenait un tour légal et que les champignons hallucinogènes, interdits ici, se retrouvaient au cœur de la dispute.

Nous avons poursuivi ce débat épineux tandis que l'on vidait la poche urinaire de Jon. Avant de nous quitter, je lui ai demandé comment se présentait son projet de suicide, autre question morale dont nous avions déjà discuté. Sachant que ce n'est pas facile à mettre en œuvre quand on est paralysé et qu'on est à l'hôpital, il avait fini par trouver que le moyen le plus efficace, et le moins douloureux, serait de mourir d'hypothermie dans le parc. Comme il fait relativement doux ces derniers temps, je lui ai dit qu'il risquait d'attendre des heures. Mais lui prétendait que ça prendrait douze minutes s'il ne portait qu'un tee-shirt. Il avait dû faire une recherche sur Internet. Il y avait cependant de fortes chances que quelqu'un le voie : le risque serait alors qu'il se fasse interner. Malheureusement, il lui faudrait ensuite continuer à vivre, même pendant la période des fêtes de Noël, toute proche à présent.

Un peu plus tard, je vis arriver une jeune infirmière qui s'était occupée de moi. Elle semblait anormalement gaie. Qu'est-ce qui avait pu amener un tel rayon de soleil sur son visage ? Elle me raconta qu'elle venait de trouver un nouveau boulot mieux payé. Elle en avait assez des longues heures et du maigre salaire avec son travail à l'hôpital. Elle avait déposé une candidature, qui avait été acceptée, pour devenir agent pénitentiaire dans une prison pour femmes à quelques pas d'ici. Je la félicitai, tout en lui faisant remarquer que ce serait sans doute plus dur que de travailler dans ce service, où les choses fonctionnaient plutôt bien et où l'atmosphère était assez calme.

À la fin des années 1980, j'avais enseigné une brève période dans une prison pour femmes, Holloway Park, dans le nord de Londres. Je n'oublierai jamais l'odeur horrible, les pleurs et les gémissements, le bruit des clés quand les gardiennes fermaient les portes après chaque passage. Ce fut le cours le plus difficile que j'aie jamais enseigné. Il y avait cinq ou six femmes, dont la plupart, de ce que j'en savais, avaient tué quelqu'un. J'avais essayé de les encourager à écrire leur histoire mais j'ignorais si elles savaient lire et écrire, si elles étaient dyslexiques. Certaines étaient en prison depuis la fin de leur adolescence et l'une d'elles était connue pour avoir poignardé à mort le mac qui la brutalisait. Assise au fond de la classe, alors que je tentais de les amener à la créativité et à la thérapie par l'écriture, elle soulevait sa chemise et agitait ses seins nus sous mon nez. Mes efforts pour transmettre quelque chose à ces femmes perturbées s'arrêtèrent le jour où l'enseignante avec qui je travaillais, une jeune dramaturge noire, fut enfermée dans une cellule par une gardienne qui l'accusait d'avoir revêtu des vêtements ordinaires pour s'échapper. Il fallut un certain temps pour que les autorités acquièrent la certitude qu'elle faisait partie du groupe d'éducateurs et qu'elle n'était pas une détenue.

Aujourd'hui, à la salle de sport, je suis accompagné par un Africain d'une quarantaine d'années que je ne connais pas mais qui va venir vivre chez moi en tant qu'auxiliaire de vie. Moi qui aime la discussion, je m'inquiète de découvrir un homme silencieux, presque renfermé. Je me suis bientôt senti épuisé d'essayer de lui extirper la moindre remarque, sauf quand il s'est plaint pour me dire qu'il ne mangeait que ce qu'il cuisinait lui-même, en particulier de la patate douce le midi. Je lui ai répondu qu'il aurait de la chance si l'hôpital lui en servait mais que ce serait plus facile de trouver ce qu'il aimait une fois dans mon quartier.

Je commence à me faire à cette idée que je vais rentrer chez moi, où je vivrai en compagnie d'un inconnu et d'Isabella. C'est le constat, après l'année qui vient de s'écouler. J'apprends aussi qu'une partie de l'équipement nécessaire à mon installation, dont le palan que l'auxiliaire utilisera pour me lever de mon lit et me recoucher, pourrait ne pas être livré avant janvier.

Certains patients, y compris mon pote philosophe et suicidaire, devront rester ici pendant les vacances de Noël alors qu'il n'y aura ni kinés ni séances de quoi que ce soit. J'imagine que ça va être sinistre. Les médecins me disent que je suis le bienvenu si je veux rester mais je n'en ai franchement aucune envie.

18/12/2023

C'est aujourd'hui que je sors mais mon auxiliaire de vie n'était pas au rendez-vous fixé, je m'inquiète de me retrouver chez moi sans l'accompagnement prévu. Isabella fera de son mieux mais elle n'est pas une aidante professionnelle et ne souhaite pas le devenir.

Et puis, tout à coup, me voilà dans mon fauteuil devant l'entrée du service, prêt à être arrimé à l'arrière d'un véhicule aménagé. J'ai passé un an dans cinq hôpitaux différents et je peux enfin rentrer. Une femme est venue remplacer l'auxiliaire initialement recruté, elle a l'air charmante et tout à fait compétente. Quarante minutes plus tard, je suis à la maison. Un lit a été installé dans mon salon, ainsi qu'une nouvelle salle de bain au rez-de-chaussée avec du très beau carrelage jaune. Je suis agité, exalté, désorienté, comme à chaque fois que je change d'environnement – mais, surtout, je suis soulagé.

20/12/2023

« Êtes-vous croyant ? Très croyant, moyennement, ou autre ? Savez-vous quelle heure il est ? Fait-il jour ou nuit ? Où sommes-nous ? Il faut que l'on sache quel est votre niveau de réactivité. »

Cinq inconnus sont assis à la table de ma salle à manger. Ces « prestataires » sont là pour vérifier que je peux bénéficier des soins qui m'ont été prescrits et comment les choses vont s'organiser concrètement. Pour le moment, j'ai une auxiliaire de vie à domicile et quelqu'un d'autre viendra deux fois par jour pour me sortir du lit et m'y réinstaller. Nous le savons bien, le gouvernement actuel cherche par tous les moyens à réaliser des coupes budgétaires avant les prochaines élections en réduisant la prise en charge des soins des personnes vulnérables. Je pourrais très bien faire partie du lot. Afin d'éviter cela, Isabella et moi devons faire la preuve de la gravité de mon état et des besoins absolus qu'il implique. Il faut, si possible, que je détaille au maximum toutes les difficultés qui sont les miennes si je ne veux pas être obligé de vendre ma maison pour me faire laver les fesses.

Ma maison se trouve dans un quartier assez passant mais, par je ne sais quel miracle, elle est aussi très silencieuse. Quand je suis dans mon lit au rez-de-chaussée, je n'entends aucun bruit. Les choses étant ce qu'elles sont, je suis entre les mains du système de santé. Ma journée démarre à sept heures du matin quand mon auxiliaire de vie, une Africaine très agréable qui vit en permanence à l'étage, vient me réveiller et commence par me mettre un suppositoire. Peu de temps après, on frappe à ma porte : la municipalité prend en charge une autre personne pour m'aider à faire ma toilette et m'habiller. Ce travail est effectué avec beaucoup de professionnalisme et, chaque jour, c'est un nouveau jeune homme qui se présente. On me lève de mon lit et on m'y réinstalle en suivant toutes les étapes imposées par le NHS. Je n'ai pas le choix de l'heure de mon réveil ni de mon coucher.

Il y a tout un protocole compliqué et mystérieux quand il s'agit de prendre soin de quelqu'un. Pour certaines choses, les obligations de l'auxiliaire sont claires : il faut s'occuper de mes intestins, de ma vessie et de mon cathéter, il faut aussi me laver, préparer mes médicaments, me soulever du lit et m'y remettre le soir, préparer mon petit-déjeuner et mon café. Mais il y a de nombreuses zones grises. Est-ce que ça rentre dans les attributions prévues de me préparer un Bloody Mary ? D'envoyer des textos à mes amis ou de leur faire un thé quand ils passent me voir ? C'est une auxiliaire de vie, pas une domestique. Dans ce cas, ai-je d'autres choix que de formuler des requêtes et de voir si l'on y accédera ?

Toutes les personnes qui veillent sur moi sont immigrées. Après avoir vécu dans un monde de blancs pendant près de quarante ans, me voilà revenu à la case d'où je suis parti avec mon père, sa famille, ses amis, et je me retrouve ainsi avec des gens arrivés récemment, qui n'ont pas l'habitude du fonctionnement ici et qui s'efforcent de bâtir une vie pour eux et pour leurs enfants.

Chaque matin, je retrouve Carlo pour voir comment utiliser mes dépêches et en faire ce livre. C'est un réel plaisir de concevoir ce travail d'édition avec quelqu'un, de couper, de reformuler, d'étoffer le matériau de départ. On commence à dix heures et on finit à treize heures, ce qui nous permet d'avoir repris et réécrit cinq pages environ. Ça me rappelle les moments où j'écrivais des films ou des pièces en binôme avec tels réalisateurs ou tels dramaturges ; on parlait de plein de trucs drôles, de politique, de sport, tout en travaillant activement. C'est réconfortant de passer du temps seul quand on est écrivain mais c'est tellement le pied d'être en bonne compagnie et de blaguer.

La grand-mère d'Isabella, Succo Secchi D'Amico, qui était scénariste, explique dans un entretien que le meilleur moyen d'écrire des comédies, c'est de travailler à plusieurs : ça permet de tester votre humour au fur et à mesure. La petite voix critique, cette voix intérieure qui vous dit que vous n'êtes bon à rien, on ne l'entend plus quand d'autres sont là et qu'ils vous encouragent. Les écrivains devraient s'inspirer des musiciens et des gens de cinéma ; ces deux arts sont le fruit d'alliances créatrices, des Beatles jusqu'à Miles Davis, de Hitchcock jusqu'à Robert Altman. Peut-être que le plus important pour un artiste, c'est de fréquenter des lieux où rencontrer les bonnes personnes, ou d'avoir cette aptitude à reconnaître un talent compatible avec le sien. Ça permet d'entreprendre des choses qu'on n'aurait jamais faites seul. Aurait-on jamais entendu parler de McCartney ou de Lennon s'ils ne s'étaient pas rencontrés ? C'est une dépendance extrêmement fructueuse et, parfois aussi, absolument redoutable.

22/12/2023

Sachin a été absent quelques semaines et, quand il entre dans la pièce de sa démarche bondissante, c'est comme s'il avait grandi. Dans la famille, nous n'avons jamais été des géants ; Tracey et moi faisons à peu près la même taille : un mètre soixante-sept. Certes, il porte des chaussures à grosses semelles ; j'ai aussi l'impression qu'il s'est étoffé. Comme il a un frère jumeau, je peux les comparer et il me semble vraiment qu'il est plus baraqué et plus grand qu'avant.

C'est une journée ensoleillée de fin décembre, nous quittons la maison pour emprunter Shepherd's Bush Road, je suis installé dans mon fauteuil à moteur. Alors que nous passons devant le Petit Citron – restaurant français autrefois connu sous le nom sulfureux de Café Rouge, où j'allais festoyer tous les soirs avec des amis –, le même souvenir nous revient en même temps. Il y a un an à peu près, Tracey et Carlo regardaient un documentaire sur la première tournée londonienne de Nirvana. Le groupe avait eu la chance de loger dans un Bed and Breakfast un peu spartiate de Shepherd's Bush Road où la caméra les avait filmés alors qu'ils batifolaient devant le Rouge. Récemment, le producteur était revenu sur les lieux et il avait filmé la rue telle qu'elle est aujourd'hui. Par le plus grand des hasards, dans un plan d'ensemble, on voyait Sachin qui marchait dans la rue à toute allure tandis que je me tenais à moitié accroupi dans l'embrasure de la porte du Petit Citron, prêt à lui sauter dessus. Comme je traîne toujours dans les parages, Tracey et Carlo s'attendaient plus ou moins à me voir – quand ils m'ont effectivement repéré, ils en pleuraient de rire.

Il est difficile de ne pas y repenser alors que Sachin et moi avançons dans cette rue, même si, au bout de quelques mètres, je suis surtout préoccupé par le trottoir particulièrement inégal. Quand on débute en fauteuil roulant, on prend conscience, pour la première fois de sa vie, de la nature exacte de la surface sur laquelle on roule. On est plus près du sol que jamais ; la moindre bosse se répercute en multiples à-coups à travers tout le corps.

Les choses s'améliorent au fur et à mesure que nous approchons de Shepherd's Bush Green, le chemin est plus régulier. Nous arrivons bientôt devant la boutique de mon barbier quand un homme d'apparence un peu rude, lui aussi en fauteuil, se place à ma hauteur, admire mon équipement, commente les options avec envie avant de me demander où j'en ai trouvé un pareil. Je lui explique que c'est le plus beau modèle du catalogue du NHS.

Voilà plus d'un an que je ne me suis pas fait couper les cheveux par mon coiffeur habituel, le Macédonien Lula qui, d'après moi, a les mains de Michel-Ange. Dans la famille, on le connaît depuis quinze ans, quand il s'était installé dans une petite baraque pleine de fuites juste à côté de la station-service de Goldhawk Road. D'ailleurs, c'est Lula qui avait fait sa première coupe d'adulte à Kier et, avec les garçons, on y allait fréquemment se faire raser. Aujourd'hui, Lula possède deux salons et un restaurant, ainsi qu'un air inquiet qui ne le quitte jamais.

Sachin me fait franchir le seuil et me pousse à l'intérieur où l'on fait de la place pour installer mon fauteuil. Kier, mon plus jeune fils donc, nous a rejoints. C'est un tel soulagement de pouvoir refaire des choses normales, par une journée banale, dans ce quartier qui est le mien. Souvent, nous venions là tous les quatre : on causait, on écoutait de la musique, on se chamaillait pour savoir qui passerait en premier, tout en évitant la dernière recrue de Lula qui, à n'en pas douter, nous infligerait la « coupe du violeur serbe ».

Au moment de la Covid, à l'époque où nous n'étions pas censés nous retrouver en groupe avec nos proches, on s'arrangeait avec les garçons pour aller chez le coiffeur en catimini. On se donnait rendez-vous quelque part derrière la boutique de Lula, on entrait par une porte assez quelconque, puis on longeait plusieurs couloirs humides avant de déboucher dans une pièce sans fenêtres où nous n'étions jamais venus. Dans cet endroit éclairé par une ampoule unique, on restait assis devant un minuscule miroir de la taille d'un écran d'iPhone tandis que Lula s'activait aux ciseaux. On avait l'impression de faire partie d'un réseau clandestin de résistance ou d'un groupe de trafiquants de drogue.

À présent, alors que je regarde le parc en face, j'aperçois quelqu'un que je connais. C'est le père d'un des amis de Kier. Quand mon fils était à l'école primaire, un jour qu'il avait joué avec le gamin, il était rentré en nous annonçant que, désormais, il était musulman. Je le trouvais régulièrement à genoux, priant devant la télévision, et il nous avait demandé à nous, ses parents, de respecter son choix de conversion. Ça avait duré ainsi quelques jours. J'étais hors de moi, je voulais aller voir cet homme pour lui dire ma façon de penser. Heureusement, Kier a vite abandonné ces pratiques religieuses et il s'est remis à regarder la télé et à manger des bonbons dans son temps libre, comme avant. Ce jour-là, je lui demande s'il se rappelle pourquoi il s'était converti : il me dit qu'il avait envie d'être comme les autres enfants de la classe. Il ne voulait pas se retrouver tout seul à l'écart. Je lui réponds qu'il n'y a rien de mal à se sentir mis de côté ; en fait, ça pourrait même être un luxe, un plaisir, une forme d'autodétermination appréciable pour plus tard.

Profitant du soleil, Sachin, Kier et moi traversons le parc avant de rejoindre Shepherd's Bush Road. Ce fut une belle journée.

23/12/2023

Il est six heures du matin, ce sera bientôt Noël, et cinq personnes que je ne connais pas commencent à défiler chez moi. Je suis à plat ventre en train de déféquer. Une Brésilienne, une Espagnole, deux Africains et un Italien sont là pour assister ou pour aider à ce que l'on appelle charitablement mes soins. Alors qu'ils me regardent fixement le cul, je ne ressens aucun embarras, juste une vague irritation ; c'est devenu mon lot quotidien, ma vie. Sans tous ces gens, je serais incapable de fonctionner. Quelque temps après, certains s'en vont tandis que d'autres restent pour discuter de la manière de s'occuper de moi ainsi que de l'équipement dont j'aurai besoin pour me soulever du lit et me permettre de sortir chaque jour.

Désormais, je passe mon temps à la cuisine et au salon. C'est un petit espace comparativement à celui dont je disposais à l'hôpital, où je pouvais filer à ma guise dans les couloirs, jusqu'à la salle commune, dans le parc, ou vers telle ou telle chambre. Ici, je suis plus à l'étroit. Mais, au moins, comme on dit, je suis chez moi. Pourtant, je me sens gêné, voire humilié, quand je reçois des gens que je connais vaguement et que j'observe la façon dont ils me regardent arriver, avec sympathie ou avec pitié. Je me demande à quoi ils pensent à ce moment-là.

Tous les après-midi, faute d'autres moyens de me distraire, Isabella et moi allons à Tesco. J'attends ce moment avec impatience mais le trajet en fauteuil est assez douloureux. Parfois, il y a des obstacles sur le trottoir : des matelas abandonnés, des meubles impossibles à contourner. Non loin de l'entrée du supermarché, je repère un homme avec une longue barbe, un ennemi à moi depuis les années 1970, qui me provoquait sans cesse et que je regardais de haut. Je le vois qui attend au bord de la route et qui me zieute au moment où je passe à son niveau. J'essaie de faire comme si je ne le remarquais pas mais il vient se planter devant moi tout en disant « bonjour, bonjour, bonjour ! » ; je n'ai pas d'autre choix que de le saluer. Il a l'air en forme et a relativement belle allure alors qu'il ne fait aucun doute que j'ai perdu la bataille. Je n'ai jamais eu aucune envie d'avoir l'air défait face à lui.

À Tesco, j'adore foncer dans les allées même si je dois m'habituer à ce que j'appelle « le point de vue du chien sur le monde » car je suis nettement plus bas que les autres clients. Je trouve bizarre que les gens ne s'écartent pas quand ils me voient arriver vers eux. En fait, ils s'attendent à ce que je les contourne, comme si c'était moi le problème. On achète des saucisses végétariennes Linda MacCartney avec des haricots blancs « cu-isinés » à la sauce tomate pour mon repas préféré. Isabella aime souligner cette rime interne entre « cu-isinés » et « cul ».

Ce serait plus logique comme prononciation, défend-elle avec raison.

De retour à la maison, c'est elle qui déballe les ingrédients, qui les prépare, qui fait la vaisselle, qui vide les poubelles. Elle se coltine toutes les tâches ménagères pendant que je ne peux guère que la regarder ou l'encourager. La répartition du travail est très inégale et je suis effondré de voir la charge qui est la sienne désormais. Ma contribution est réduite à zéro. Mais je n'ai pas envie de me dire que je suis un fardeau. Malheureusement, dans l'immédiat, il n'y a pas d'autre issue. Elle ne trouve pas le temps de se consacrer à son métier d'agent pour des maisons d'édition et des festivals qui comptent sur elle en Italie. Personne ici ne dira jamais que je suis un boulet mais, évidemment, je sens bien que je suis malgré tout une entrave. Kier prétend que, chez nous, je n'ai jamais tellement mis la main à la pâte de toute façon, mais j'ai toujours fait de mon mieux pour que la maison soit propre et ordonnée. Isabella et moi en discutons régulièrement, elle a toujours la tête froide quand on aborde la question mais je sais que c'est éprouvant pour elle de devoir renoncer à travailler pour s'occuper de moi.

Ça me rappelle des moments de mon enfance, quand mes parents étaient soit déprimés soit désespérés et que je passais de l'un à l'autre en essayant de lancer une conversation pour leur faire du bien. J'avais des sujets qui marchaient pas mal, mais moyennement avec ma mère. À la moindre tentative, elle m'ignorait. Avec mon père, j'allais dans sa chambre, où il était parfois occupé à ranger ses chemises ou à nettoyer ses chaussures, et je commençais à parler d'écriture, de sport, parce que je savais que ça allait le stimuler.

Dans une certaine mesure, je n'ai jamais cessé de faire l'aiguillon depuis, aujourd'hui plus que jamais car il faut que je me mette dans la poche ceux qui m'entourent ; je ne peux pas me les aliéner, j'en ai trop besoin.

Noël nous a causé quelques tracas : Isabella et moi avions envie d'aller chez Tracey pour le fêter avec elle et toute la famille. Le problème était de savoir si j'arriverais à rentrer dans cette maison à laquelle on accède par deux entrées, une au sous-sol et l'autre en haut des marches de devant. Nous décidons finalement, après maintes tergiversations, que l'on m'amènera au pied de l'escalier dans un fauteuil roulant manuel et que Sachin et Carlo, assez costauds tous les deux, me porteront jusque dans la maison.

À notre grande surprise, le plan se déroule impeccablement, en deux temps trois mouvements. Une fois à l'intérieur, ils m'installent dans un fauteuil normal et je me dis que c'est la première fois en un an que je ne suis pas assis dans un fauteuil roulant ou un lit d'hôpital. Tracey a déplacé les tables de la salle à manger pour les mettre dans le salon où elle a prévu d'organiser le repas. Nous sommes tous là : Carlo, Sachin, sa petite amie et son père, mon auxiliaire, Isabella ainsi que Cairo, qui s'allonge sous la table pour mâcher tranquillement du papier cadeau. Je suis moins bavard qu'avant, je n'ai pas grand-chose à dire mais je suis content et soulagé d'être là après tout ce temps. On ouvre nos paquets, Isabella me fait remarquer que je n'ai pas été capable de lui trouver quoi que ce soit. Je sais que j'aurais dû envoyer un des garçons faire un tour chez Westfield. C'est un oubli impardonnable qui n'est pas sans susciter une certaine culpabilité. Elle me dit qu'au début du mois, elle avait mentionné quelque chose qui lui faisait envie mais, soit je n'ai pas saisi l'allusion, soit je n'ai pas su comment la concrétiser.

Alors que la journée s'écoule et que les réjouissances se poursuivent, j'ai conscience que ça fait à peu près un an que j'ai eu cet accident. Comme n'importe qui dans mon cas, je repense aux derniers moments de ma vie normale : voyage à Rome, dîner avec la famille d'Isabella puis, le jour suivant, promenade à la villa Borghese, jusqu'à cette chute de tension, avant que je ne tombe sur la tête et que ma vie ne soit transformée pour toujours. Comme nous devons avoir l'air innocents quand nous ignorons tout de ce qui nous attend. Tel un homme qui, sans le savoir, marche vers le désastre.

Nous sommes en évolution permanente, jamais semblables à ce que nous étions hier. Nous changeons sans cesse, il n'y a pas moyen de revenir en arrière. Mon monde a pris un zig alors que, jusque-là, il zaguait ; il s'est retrouvé percuté, reconfiguré, altéré et je ne peux absolument rien y faire. Mais je ne vais pas sombrer ; je vais en tirer quelque chose.

26/12/2023

Remerciements

Au cours de cette année passée à l'hôpital, nombreux sont les gens qui m'ont soutenu : amis, famille mais aussi médecins, personnels infirmiers, d'autres soignants encore. Je voudrais les remercier pour tout ce qu'ils ont fait ; sans leur implication, ce livre n'aurait jamais vu le jour.

D'un dévouement et d'une gentillesse sans faille, à ma grande surprise, il y a ma famille : Isabella D'Amico, Carlo Kureishi, Sachin Kureishi, Kier Kureishi et Tracey Scoffield

Ami·e·s :
Rachel Alexander
Michael Aminian
Charlotte Andrews
Lisa Appignanesi
Paolo Berro, Edoardo Arnello, Simone Scarzella et l'équipe AccessiWay
Giovanna Borsellino

Nicola Bottioni
Rosie Boycott
Virginia Brand et Charles Brand
Sonia Canfora
Mary Cannam
Julia Carruthers
Nanà Cecchi
Benedetta Craveri
Alessandro D'Alatri (le Maestro)
Margherita D'Amico
Masolino D'Amico
Daniel Day-Lewis
Ashley Edwards
Richard Eyre
Jane Finlay
Nikolai Foster
Stephen Frears et Carolyn Hart
Steven Gale
David Gilmour et Polly Samson
David Goatley
David Gothard
Vivienne Guinness
Nigella Lawson
Darian Leader
Kevin Loader
Robert McCrum
Caroline Michel
Stephanie Morgan
Keith Munro
Serena Nono
Silvia Nono

Susie Orbach
Carlo Picozza
Rachel Purnell
Ruvani Ranasinha
Giacomo Regazzoni
Clare Reihill
Emma Rice
Ruth Rogers
Salman Rushdie et Rachel Eliza Griffiths
Kathy Sale
Samreen Shah
Richard Sharp
Paul Smith
Zadie Smith
Aurélia Thierrée
Jeremy Thomas et Ludovica Barassi
Susie Thomas
Stewart Wallace
Tom Wilcox
Nigel Williams et Suzan Harrison
Nicholas Wright
Alan Yentob et Philippa Walker
Slavoj Žižek

Au bout de ces douze mois durant lesquels j'ai fréquenté divers hôpitaux, j'aimerais remercier les équipes qui se sont occupées de moi :
L'hôpital universitaire Agostino Gemelli à Rome
Prof. Massimo Antonelli
Dr Nicola Cerbino
Prof. Alessandro Olivi
Dr Filippo Maria Polli

La fondation Santa Lucia IRCCS à Rome
Dr Luca Battistini
Dr Lina Di Lucente
Fabio Marri
Dr Antonino Salvia
Dr Giorgio Scivoletto
Giada Serratore

L'unité neurologique du centre de rééducation de Charing Cross
Dr Meena Nayar et ses collègues

Le Royal National Orthopaedic Hospital à Stanmore
Nicki Ferguson
Dr Jan Gawronski
Dale Guthrie
Joseph (Joe) Steel
et toute l'équipe

Andrew Kell et l'équipe de ASPIRE, organisme caritatif qui vient en aide à celles et ceux qui ont subi des traumatismes de la colonne vertébrale.

Merci à l'équipe Paragon et à mes actuelles auxiliaires de vie :
Rosana Candia Barbosa
Blandine Vadjemia
Elisabeth (Lisa) Fabiam

Mes remerciements à celle et ceux qui ont travaillé sur ce livre : Simon Prosser de chez Hamish Hamilton,

Sarah Chalfant de l'agence Wylie et, tout particulièrement, Carlo Kureishi, ma main droite.

Une mention spéciale à ma chère amie Caroline Michel pour son travail sans relâche, pour sa gentillesse et sa générosité.

Enfin, et surtout, je remercie toutes celles et tous ceux de la communauté Substack pour leur soutien, ainsi que le Royal Literary Fund, en particulier Edward Kemp, pour l'ensemble du travail accompli.

Je serai également reconnaissant envers toute personne susceptible de contribuer aux soins dont je continue d'avoir besoin.

hanifkureishi.org

Cet ouvrage a été mis en pages
par Nord Compo à Villeneuve-d'Ascq
Impression : CPI Bussière
Dépôt légal : janvier 2025 – N° 2684 (2081781)
Imprimé en France